国际大奖小说
加拿大图书馆协会年度推荐读物

[加拿大] 莎朗·E.麦凯伊/著

何雨珈/译

电车上的陌生人

天津出版传媒集团
新蕾出版社

图书在版编目（CIP）数据

电车上的陌生人 /（加）莎朗·E.麦凯伊
(Sharon E. McKay) 著；何雨珈译. -- 天津：新蕾出版社，2017.8（2024.4 重印）
（国际大奖小说）
书名原文：The End of the Line
ISBN 978-7-5307-6569-2

Ⅰ.①电… Ⅱ.①莎… ②何… Ⅲ.①儿童小说-中篇小说-加拿大-现代 Ⅳ.①I711.84

中国版本图书馆 CIP 数据核字(2017)第 140777 号

Original title: The End of the Line
Originally published in North America by: Annick Press Ltd.
© 2014,Sharon E. McKay/ Annick Press Ltd.
Simplified Chinese translation copyright © 2017 by New Buds Publishing House (Tianjin) Limited Company
ALL RIGHTS RESERVED
津图登字：02-2015-74

书　　名	电车上的陌生人　DIANCHE SHANG DE MOSHENGREN
出版发行	天津出版传媒集团 新蕾出版社
	http://www.newbuds.com.cn
地　　址	天津市和平区西康路 35 号(300051)
出 版 人	马玉秀
电　　话	总编办(022)23332422 发行部(022)23332351　23332679
传　　真	(022)23332422
经　　销	全国新华书店
印　　刷	天津新华印务有限公司
开　　本	880mm×1230mm　1/32
字　　数	76 千字
印　　张	5.5
版　　次	2017 年 8 月第 1 版　2024 年 4 月第 18 次印刷
定　　价	23.00 元

著作权所有，请勿擅用本书制作各类出版物，违者必究。
如发现印、装质量问题，影响阅读，请与本社发行部联系调换。
地址：天津市和平区西康路 35 号
电话：(022)23332677　邮编：300051

一辈子的书

梅子涵

亲近文学

一个希望优秀的人,是应该亲近文学的。亲近文学的方式当然就是阅读。阅读那些经典和杰作,在故事和语言间得到和世俗不一样的气息,优雅的心情和感觉在这同时也就滋生出来;还有很多的智慧和见解,是你在受教育的课堂上和别的书里难以如此生动和有趣地看见的。慢慢地,慢慢地,这阅读就使你有了格调,有了不平庸的眼睛。其实谁不知道,十有八九你是不可能成为一个文学家的,而是当了电脑工程师、建筑设计师……可是亲近文学怎么就是为了要成为文学家,成为一个写小说的人呢?文学是抚摸所有人的灵魂的,如果真有一种叫作"灵魂"的东西的话。文学是这样的一盏灯,只要你亲近过它,那么不管你是在怎样的境遇里,每天从事怎样的职业和怎样地操持,是设计房子还是打制家具,它都会无声无息地照亮你,使你可能为一个城市、一个家庭的房间又添置了经典,添置了可以供世代的人去欣赏和享受的美,而不是才过了几年,人们已经在说,哎哟,好难看哟!

谁会不想要这样的一盏灯呢?

阅读优秀

文学是很丰富的,各种各样。但是它又的确分成优秀和平庸。我们哪怕可以活上三百岁,有很充裕的时间,还是有理由只阅读优秀的,而拒绝平庸的。所以一代一代年长的人总是劝说年轻的人:"阅读经典!"这是他们的前人告诉他们的,他们也有了深切的体会,所以再来告诉他们的后代。

这是人类的生命关怀。

美国诗人惠特曼有一首诗:《有一个孩子向前走去》。诗里说:

> 有一个孩子每天向前走去,

> 他看见最初的东西,他就变成那东西,
>
> 那东西就变成了他的一部分……

如果是早开的紫丁香,那么它会变成这个孩子的一部分;如果是杂乱的野草,那么它也会变成这个孩子的一部分。

我们都想看见一个孩子一步步地走进经典里去,走进优秀。

优秀和经典的书,不是只有那些很久年代以前的才是,只是安徒生,只是托尔斯泰,只是鲁迅;当代也有不少。只不过是我们不知道,所以没有告诉你;你的父母不知道,所以没有告诉你;你的老师可能也不知道,所以也没有告诉你。我们都已经看见了这种"不知道"所造成的阅读的稀少了。我们很焦急,所以我们总是非常热心地对你们说,它们在哪里,是什么书名,在哪儿可以买到。我就好想为你们开一张大书单,可以供你们去寻找、得到。像英国作家斯蒂文生写的那个李利一样,每天快要天黑的时候,他就拿着提灯和梯子走过来,在每一家的门口,把街灯点亮。我们也想当一个点灯的人,让你们在光亮中可以看见,看见那一本本被奇特地写出来的书,夜晚梦见里面的故事,白天的时候也必然想起和流连。一个孩子一天天地向前走去,长大了,很有知识,很有技能,还善良和有诗意,语言斯文……

同样是长大,那会多么不一样!

自己的书

优秀的文学书,也有不同。有很多是写给成年人的,也有专门写给孩子和青少年的。专门为孩子和青少年写文学书,不是从古就有的,而是历史不长。可是已经写出来的足以称得上琳琅和灿烂了。它可以算作是这二三百年来我们的文学里最值得炫耀的事情之一,几乎任何一本统计世纪文学成就的大书里都不会忘记写上这一笔,而且写上一个个具体的灿烂书名。

它们是我们自己的书。合乎年纪,合乎趣味,快活地笑或是严肃地思考,都是立在敬重我们生命的角度,不假冒天真,也不故意深刻。

它们是长大的人一生忘记不了的书,长大以后,他们才知道,原来这样的书,这些书里的故事和美妙,在长大之后读的文学书里再难遇见,可是因为他们读过了,所以没有遗憾。他们会这样劝说:"读一读吧,要不会遗憾的。"

我们不要像安徒生写的那棵小枞树,老急着长大,老以为自己已经长大,不理睬照射它的那么温暖的太阳光和充分的新鲜空气,连飞翔过去的小鸟,和早晨与晚间飘过去的红云也一点儿都不感兴趣,老想着我长大了,我长大了。

"请你跟我们一道享受你的生活吧!"太阳光说。

"请你在自由中享受你新鲜的青春吧!"空气说。

"请你尽情地阅读属于你的年龄的文学书吧!"梅子涵说。

现在的这些"国际大奖小说"就是这样的书。

它们真是非常好,读完了,放进你自己的书架,你永远也不会抽离的。

很多年后,你当父亲、母亲了,你会对儿子、女儿说:"读一读它们,我的孩子!"

你还会当爷爷、奶奶、外公和外婆,你会对孙辈们说:"读一读它们吧,我都珍藏了一辈子了!"

一辈子的书。

献给 泰勒·伯克

THE END OF THE LINE 目录

电车上的陌生人

曾经，陌生人也是救世主……1

第一章　车来了……3

第二章　两位新乘客……17

第三章　温暖……25

第四章　碧翠丝……32

第五章　沃斯太太……36

第六章　邻居……46

第七章　第一夜……53

第八章　三人行……65

第九章　危机……68

第十章　我有手套吗……76

THE END OF THE LINE 目录

电车上的陌生人

第十一章　一家人……87

第十二章　洋娃娃……90

第十三章　礼物……97

第十四章　蜂窝百货商场……105

第十五章　丽芙……109

第十六章　微薄之力……115

第十七章　饥饿之冬……118

第十八章　朱迪斯……134

第十九章　告别……143

第二十章　终点站……146

曾经，陌生人也是救世主

现在，大人总对孩子说："不要和陌生人说话。"然而，几十年前，正是这些"陌生人"拯救了很多孩子。

第二次世界大战的时候，德军占领了大半个欧洲。很多人担心孩子们的安全，不得已把他们成百上千地送到陌生人的怀抱里。

这是一个发生在荷兰的犹太小女孩的故事。她在两个陌生人的家中避开了残酷的战争。背着德军，在家里藏一个犹太孩子是非常危险的。要是这孩子被发现了，就会被送往集中营，几乎必死无疑。而藏她的人也有可能被抓起来，坐牢甚至被枪毙。救一个犹太孩子是需要巨大勇气的。这些勇敢而善良的陌生人也最终被世人所知，得到了"正义外邦人[①]"的美誉。

[①]此处"外邦人"指的是非犹太人。

第一章　车来了

1942 年

阿姆斯特丹　秋天

"你和你女儿得赶紧走。我丈夫不该把你们带到这儿来。"女人站在自己温暖的厨房里,但浑身都在颤抖,好像冷得厉害。

"我已经很快了,达尔太太。"一个年轻的妈妈跪在一个五六岁的孩子面前,帮她扣好外套上最后一粒扣子。孩子身上紧紧裹着四五层衣服,圆鼓鼓的像个球。孩子眨眨眼,咽了咽口水,把眼泪硬生生憋了回去。这是她和妈妈之间的约定——无论怎样,不要哭。"别哭,我的宝贝。"妈妈在她耳边轻轻地说。

"你得理解我。我也有孩子,要保护他们。邻居要是看到肯定会去举报我们。要是纳粹①发现你们在这儿,那我们都死定了。我的孩子们……换了你会怎么做?"

"谢谢您让我们住了这几天。谢谢您丈夫帮我们。"年轻女人套上一件轻便的雨衣,草草围上一条灰色头巾。

"记住,找戴绿色帽子的女人,她会把你女儿带到安全的地方。我们也希望能帮你帮到底……"达尔太太站在窗帘后面,掀开一条缝观察外面的情况。

"我没事。只要我女儿安全,怎样都行。"年轻的妈妈说话太轻,达尔太太好像根本没听到。

"请你千万别提起我们,永远不要提。你们从后花园走吧。"达尔太太转过身,双手深深插进围裙口袋里,"走七个街区就到电车站了。来,我有票。请一定收下。"

---

①纳粹,即第一次世界大战后兴起的德国民族社会主义工人党,是以希特勒为党首的反动的法西斯主义政党。文中指纳粹德军。

"好的,再见。"年轻的妈妈接过车票,塞进包里。

"这个给孩子拿着。"达尔太太又塞给小女孩一个苹果,小声说道,"Opgehit①。"

"您会说意第绪语②?"那位妈妈吃了一惊。

"不会……只会一点儿……别问了。求你快走吧。"达尔太太坐在厨房的椅子上,把头埋在双手中。

妈妈和孩子走出达尔太太的家,穿过后花园,站在大门口。

"妈妈,达尔太太在哭吗?"孩子问道。

"她很伤心,而且……可能她也有秘密。"妈妈回答。

此时此刻,街那边传来一阵喧闹声。

"快藏起来!"妈妈小声说着,拉起女儿的手。两人蹲在一个小棚子后面,等待着。声音从她们身边掠过,飘远了。但两个人还是不敢动。

"妈妈,'Opgehit'是什么意思?"孩子小声问道。

妈妈举起手指竖在双唇前,仔细听着动静,接着把声

---

① 此处为意第绪语"小心"的拉丁字母拼法。
② 一种犹太人使用的语言。

音压得很低,孩子斜过身子来,紧紧挨着妈妈才听得清,"那是意第绪语——犹太人的语言,意思是'小心'。"

"Opgehit, Opgehit, Opgehit。"孩子不断重复着,好像在告诫自己,"但是,妈妈,我们也是犹太人,怎么不说意第绪语呀?"

"嘘!千万别说你是犹太人!要是有人问起你,就说不是。妈妈跟你说过的。"妈妈也和达尔太太一样,把头埋在双手中。

"别哭,妈妈。你别哭。我对谁都不会说的。"

"来,我们得赶紧了。"妈妈擦去眼泪,深呼吸了一下,"我让你别哭,自己也不能哭,对吧?"她勉强挤出个笑容,嘴角是翘起来了,眼里却没有笑意。她站起来,拉着孩子的手。

"我们去哪儿?"孩子抬头看着妈妈。

"嘘,亲爱的。"年轻女人张望着路上的情况,等确定没人在看,才牵着女儿偷偷溜走了。

THE END OF THE LINE

"天有点儿阴,好像要下雨。"拉尔斯单手搭在额头上,看着铅灰色的天空。

汉斯锁好门,抬头看看,确认所有窗户都关好了。这是他多年的习惯。房子不大,但是很可爱。一楼有两间房,楼上有两间卧室,顶层还有一间小阁楼,它们都小小的,但是很整洁。小时候,他俩常在小阁楼上玩耍。

汉斯和拉尔斯,是哥特尔家的两兄弟。汉斯矮矮胖胖,像个圆滚滚的鸡蛋。拉尔斯则瘦瘦高高,像根竹竿,又像一只螳螂。两人相差两岁。汉斯今年六十五,是哥哥,拉尔斯是弟弟,今年六十三。两兄弟都没结婚,之前一直和母亲住在一起。十年前母亲去世了,父亲则在他俩小时候就已过世。现在,就剩下两兄弟相依为命了。

两兄弟都有绒毛浓密的耳朵、红彤彤的脸颊和一双蓝眼睛,眼角总是耷拉着。不过他们脸上白白的眉毛倒像一对随时要起飞的翅膀。这两个荷兰人诚实勤劳,一辈子都在努力工作。

出发去上班之前,汉斯和拉尔斯总要看一眼对面沃斯太太的家,这是他们的习惯。现在百叶窗已经拉起来了,说明沃斯太太也起床了。这位老奶奶已有八十岁高龄,是两兄弟的母亲生前最亲密的朋友。两兄弟从小没见过祖父母的面,现在世上除了彼此再没有一个亲人了。对他们来说,沃斯太太是亲爱的阿姨,更是好朋友。既然她那边一切如常,两兄弟也就安心出发了。

这条巷子只有一边和大街相通,另一边是死胡同。巷子里一共有八栋可爱的小房子。每栋房子前都有个小小的花园,各家种的花在冬天的寒气里都没精打采的。每家门的颜色各不相同:大红的、天蓝的、金黄的、翠绿的,还有紫色的。不过房子周围都围着一圈铁艺栅栏,栅栏上也有小铁门。很多人家还没有室内的厕所,人们要到后院专门的地方方便。小巷子的那头儿连接着一条繁忙而喧闹的街道。大卡车满载着入侵的德国士兵,在鹅卵石铺成的道路上横冲直撞,趾高气扬地吐着黑烟。偶尔他们也会遇到一些走路的德国士兵,他们肩上都扛着长枪,黑色的军靴在人行道上咔嗒作响。

两年前,德军入侵了两兄弟的祖国荷兰,具体时间是1940年5月10日。那天,德军的飞机从荷兰上空呼啸而

过,轰隆的巨响吓坏了沃斯太太。她还穿着睡衣,就跑到对面的两兄弟家里躲起来了。三个人肩上披着毯子,一起围坐在客厅微弱的炉火边。

"我们的军队准备好了。"汉斯郑重地说。

"是的,我们会打败他们的。"拉尔斯表示同意。

三个人都活过了第一次世界大战,也挺过了经济大萧条,但只有沃斯太太不太确定,自己可爱的祖国这次是不是能抗得过德军的长枪大炮。不过,这是三个人围炉烤火的温馨时刻,她听着两兄弟充满信心的话,还是点了点头。

德军的进攻很迅速。一开始,这些士兵自称是荷兰人的"兄弟",买吃的、租房子,全都原价甚至高价付钱。这么多年来,荷兰人一直在经济萧条中挣扎,德国人来给钱,他们当然是欢迎的。所以起初,情况看起来很好,但接着一切就都改变了。

荷兰的威廉明娜女王在德军入侵时,和荷兰政府一起逃往伦敦,但荷兰人仍然效忠于她。接着,尽管纳粹宣布了一系列规章,甚至用重刑威胁,很多荷兰人依然坚持收听荷兰语的新闻广播电台——"橙色电台",电波是从英国伦敦发来的。这些顽固不化的"刁民"把纳粹给惹怒了。

两兄弟也听说过一些荷兰的反抗分子,他们炸毁火车轨道,给纳粹找了不少麻烦,而纳粹的报复,就是到处抓人。其中很多人都被枪毙了,剩下的则被送往遥远的集中营。两兄弟没有去过集中营,也不知道那里到底是什么样子。有人说那里是人间地狱。汉斯和拉尔斯觉得,德国人有可能就这样占领荷兰了,那个叫作"希特勒"的家伙应该是个很坏的人。不过,说到底,大家都是文明人,文明人怎么会到处去杀人呢?这就是他们的想法。

汉斯和拉尔斯继续顺着巷子走下去。短短两年,生活大变。变化之一,就是随处可见的沙袋:大楼前面堆着,路灯下面堆着,窗户外面也堆着。他们不知道这些沙袋到底有什么用。要是炸弹落下来,不管是盟军[1]扔的还是德军扔的,那一两个沙袋可不顶什么用。这让他们越发好奇,

---

[1] 同盟国军队的简称。第二次世界大战时期,反法西斯国家建立了国家联盟,对抗以德国为首的轴心国。

堆这么多沙袋干吗呢？

他们曾经美丽的城市现在看起来乱七八糟的，毫无活力。人人都战战兢兢，匆匆忙忙，一副害怕的样子。很少见到谁脸上有笑容，熟人相遇也不敢打招呼。

汉斯看了下手表。每天早上他们都准时到电车站，一分钟也不早，一分钟也不晚，这也是他们的习惯。汉斯是有轨电车司机，过去有的外国游客把它叫作"街边轿车"。这个名字也挺让人好奇的，因为电车长得一点儿也不像小轿车。

拉尔斯是售票员。两个人在各自的岗位上已经干了四十三年。

"妈妈，我热。"孩子说。她有一双巧克力色的眼睛，深棕色的头发从中间分开，两条长长的辫子上系着小小的蝴蝶结，一直垂到背上。她努力跟上妈妈焦急的步伐，但穿着那么多衣服，想走快了也难。

女人停了下来，把孩子拉近，悄声说："休息一下吧，马上就到了,我的乖女儿。很快你就安全了。不过,你还记不记得你答应过我什么了?对谁都不能说我们去过哪里,会给好心人惹麻烦的。答应妈妈好吗?"

孩子忙不迭地点头。妈妈有很多秘密要她保守,但这个还挺容易的。她根本不知道她们在什么地方待过,甚至都不知道此时此刻这是什么地方。

她们在一家商店的橱窗前停了下来。孩子两手护着眼睛,往店里看。"快看哪,妈妈!"她高兴地叫起来。台子上摆放着糖果和甜品,亮闪闪的像珠宝。外面裹着杏仁片的蛋糕、果酱夹心饼干、柠檬霜挤出的好看裱花……哇!还有她最喜欢的姜饼蛋糕呢!她咽着口水,眼睛瞪得像店里的派一样大。妈妈会不会给她买蛋糕吃呢?她看着商店门口。虽然还不认字,但她也知道玻璃门上用黑漆刷的那些丑陋字眼是什么意思——犹太人禁止入内。

年轻的妈妈根本无暇顾及甜点和糖果。她透过橱窗看着店里墙上的钟。还要走四个街区,才能到电车站,上电车,再坐五站,才能到目的地。达尔太太已经保证过,会有个戴绿色帽子的女人来接她们。女人会把她的孩子带

到安全的地方。一切都要靠这个女人,这个陌生的女人了。

"来。"妈妈伸出手,母女俩继续往前走。孩子回头不舍地看着橱窗里的甜品,但什么也没说。

那天,拉尔斯和往常一样,站在车子前端汉斯的身边。汉斯负责掌控方向盘,一心一意地在车流中穿梭,拉尔斯则习惯观察一车子的人,他对常客们都挺熟悉的。

电车走廊中部的右边通常坐着个修女,年过半百,头上戴着白色的小助听器。她的腰间总是拴着一串念珠,经过拉尔斯身边时会发出清脆柔和的"叮咚"声。她差不多该上车了吧,拉尔斯心想。

左边,汉斯后面数两个座位,是拉尔斯认识的一位常客。一个金发小伙子,大概十六七岁,宽阔的肩膀,穿着"希特勒青年团"①的制服:棕色上衣、短裤、及膝的长袜,

---

①纳粹党成立的青年组织。主要成员是十三到十八岁的男青年,是纳粹德军的后备力量。

脖子上的勋带挂着一个哨子,放在上衣口袋里。拉尔斯已经很熟悉侵略军们不同的制服了:棕色是希特勒青年团;黑色是人人痛恨的纳粹或者盖世太保①;绿色是警察。和小伙子隔着走廊的座位上是两个年轻女孩,她们咯咯笑个不停。也不知道男孩听到没,反正他看上去不动声色。

这两个女孩后面坐着个年轻女人,不过打扮成比较老的样子。她觉得拉尔斯看不出来吗?这么多年下来,拉尔斯早就是观察人的一把好手了。特别是观察别人的手,他简直是专家,毕竟他每天都要从很多人手里检票。他刚才看过,这个女人的手很瘦,很柔软,没有老年斑,是一双年轻女人的手。

拉尔斯他们这些公务员接到过命令,要把奇怪的行为举报给上级,而上级会把信息传达给"上面"。说白了,就是传达给纳粹。这个女人的行为当然算得上奇怪,但汉斯和拉尔斯从没想过要背叛同胞,他俩都对间谍这种工作感到厌烦。不过如今全国上下都人心惶惶,邻居互相举

---

①纳粹党的秘密警察组织,后来发展为恐怖统治机构。纳粹通过盖世太保来实现对德国及占领国家的控制。

报、同事彼此背叛,真是太可怕太糟糕了。虽然没讨论过这个问题,兄弟俩却是一条心:他俩绝不会参与进来。

纳粹特别痛恨犹太人。他们觉得就是因为犹太人的存在,世界上才会有那么多痛苦。他们总是长篇大论地说自己是"优等民族",高人一等。

汉斯和拉尔斯不认识什么犹太人,不过汉斯有一次去找过犹太牙医拔牙,那个人看上去还挺不错的。这些长篇大论、这些痛恨和厌恶,实在令人困惑不已。他们见过很多传单和海报,还从广播里听了很多莫名其妙的演说,那些东西简直躲都躲不掉。但是,两个老头子,又能做什么呢?

母女俩站在电车站。年轻的妈妈很紧张。这时,孩子看了看妈妈的雨衣。

"妈妈,那个东西去哪儿啦?"孩子伸手去摸妈妈的肩膀。"上面"有命令,犹太人必须在外衣上佩戴黄色六芒星。

"嘘,亲爱的。"妈妈一下子瞪大了双眼。排队等车的人很多。刚才有人听到吗?确定没有之后,她弯下腰,轻声对女儿说:"下电车之前可别出声了。"

孩子立刻紧紧抿起了嘴,"对不起。"要不是和妈妈约定好了,不管怎样都不流眼泪,她可能早就哭了。妈妈紧紧抱了抱她,前后摇一摇,又吻了吻她的额头。

孩子靠在妈妈的肩膀上张望,一下子就高兴起来。"看哪,妈妈,她好漂亮!"孩子指着那边电线杆上贴着的一张褪色的电影海报。海报上的女人盛装打扮,一头银发高高耸起。

"《绝代艳后》[①],是部电影。我还记得主演是诺玛·希拉。有一年圣诞节,你爸爸带我去看的。"女人说着,重重叹了口气。

"妈妈,你怎么啦?"孩子拉拉妈妈的衣角。

女人眨眨眼,朝着正在进站的电车走去。"车来了。"她牵起孩子的手。

---

①电影讲述的是法国王后玛丽·安托瓦内特的传奇一生。

第二章 两位新乘客

汉斯停下电车,开了车门。拉尔斯站在门口朝上车的乘客说"早上好"。先是一位老太太,是那位拴着念珠的修女,戴着黑白相间的修女帽。接着是两个提着购物袋的女人,还有两个学生。电车的线路上有所学校,总会有些穿校服的学生来乘车。最后是一个年轻妈妈带着她的孩子。这两位乘客拉尔斯倒是第一次见。

修女嬷嬷来到电车中间,坐在右边她常坐的那个位子上。女人和孩子直接坐在了汉斯背后,就在那个希特勒青年团的小伙子前面。虽然拉尔斯也没有特意要去注意谁，但他很善于观察。女人看上去非常紧张，头巾已经从头上滑落，像衣领一般围在脖子上。她很瘦，一头黑发，颧骨高高的，一双棕色的大眼睛十分警惕。也许她是芭蕾舞演员，或者时装模特之类的。不过，要真是那样，她肯定穿得要比现在体面得多。女人紧紧抓着一个孩子的手，孩子看上去大概五六岁。不过拉尔斯可不怎么擅长判断孩子的年龄。

孩子脸蛋儿瘦长，和妈妈一样，但身子却圆滚滚的，像根奇怪的香肠。拉尔斯想，这应该很正常吧，脸比较瘦，身子比较胖。两兄弟都没怎么接触过小孩儿，只是偶尔在车上提醒淘气的小男孩别把头和手伸出窗外，免得发生危险。另外，除了邻居沃斯太太，汉斯和拉尔斯也很少和女人说话。当然，去买肉和蛋糕的时候，免不了和老板娘聊上两句。

拉尔斯来到女人身边，"您的车票？"

她把车票递给拉尔斯，没有抬头。不过孩子却看着他，羞涩地笑了。

"停车！"一名纳粹士兵站在轨道上，直接挡在车头前。他抬起手，举着喇叭大喊："停车！停车！"

电车驾驶台前的汉斯使劲踩了刹车，用尽全力拉起紧急刹车闸。电车轮子发出刺耳的尖叫，轨道上火花四溅。

乘客们全都东倒西歪，抓紧了各自的手提包或包袱。拉尔斯抓住头顶的栏杆，双脚站稳，身体却摇摇晃晃的。汉斯的右手还放在紧急刹车闸上。他紧紧皱着眉头。电车终于停下了，那个一脸冷酷的纳粹士兵上了车。仗打得越来越厉害，这种情况也越来越多，但兄弟俩说什么也习惯不了。

拉尔斯站在电车中间，手攥着头顶的栏杆，咬牙切齿。所有的乘客也突然间紧张起来，屏住呼吸。

拉尔斯朝窗外看了看，一群奇奇怪怪的人在清扫路边的碎石：有的穿着生意人的西装，有个男人腰间系着一条大围裙，还有个穿白大褂的男人，可能是医生，还有几个穿得蛮好看的女人，脚上穿着高跟鞋。这群人唯一的共同点，就是衣服的右边缝着一颗黄色的星星。这样的场景

19

拉尔斯也见过，那些纳粹挺欺负人的，一时兴起，就命令犹太人去干些特别卑微低贱的活儿。

两个监工的纳粹士兵手里拿着烟，悠闲地吐着烟圈。还有一个攥着一条狗链，链子的那头儿是一只德国牧羊犬。链子拉得紧紧的，狗用后腿立了起来，前腿在空气中乱蹬，对着一个干活儿的年轻女人露出一口尖牙。牵狗的士兵似乎觉得这样很好笑，不断怂恿它继续。

拉尔斯看着那个上车的士兵。那个小个子男人挺直身板站在过道前端，举起步枪指着乘客。"证件拿出来！"他恶狠狠地吼道。一阵窸窸窣窣的声音，大家纷纷把手伸进口袋和手提包里摸索他们的身份证件。这些证件被展开折起过成百上千次了，都软得跟纸巾似的。

士兵站在那个希特勒青年团成员面前，"你的证件！"他又说了一遍。小伙子挥了挥一枚证明身份的徽章，接着放回口袋，看着窗外。

士兵朝那位年轻的妈妈走去。即使隔着一段距离，拉尔斯也能看到她的双肩在颤抖。她对身边的孩子耳语了几句，递给她什么东西，可能是苹果或者梨。接着她挪了

挪身子,离孩子远了些,好像要和她撇清关系。

拉尔斯看着士兵逼近妈妈和孩子。"证件!"士兵恶狠狠地喊道。

拉尔斯有些不安地跺了跺脚。怎么办?他看到女人双手颤抖地递出一张小卡片。他朝前走了走,目光越过士兵的肩膀。证件上印着一个红色的"J",意思是"犹太人"。

他的心怦怦直跳。按规定,犹太人是不许乘坐电车的。还有,这女人的黄色星星去哪儿了?

士兵用德语朝女人吼了几句,指着电车的后门。她站起来,直视着拉尔斯的双眼。这位年轻妈妈瞪大眼睛,满含恐惧。拉尔斯被这双眼睛镇住了。他的双脚好像被粘在了地上,动弹不得。女人和他擦肩而过。

"快点,快点!"士兵又吼起来。女人下车的时候没有回头看哪怕一眼。另一个士兵马上把她押走了。

拉尔斯有点儿摸不着头脑。等等!她是要丢下自己的孩子吗?他们要把她带到哪儿去?之前听乘客议论过一个什么"韦斯特博克集中营",很远,在荷兰东北部。他的心在狂跳。这孩子的妈妈会不会被送到那儿去?他看着窗户外面的士兵、卡车和恶狗。他抬手压着胸口，好像这样就能让心跳得不那么厉害。

怎么办？拉尔斯的目光又转回那孩子。她在发抖。士兵正在和孩子说话，"Du musst sofort mitkommen。"他说了句德语，语气很凶，一点儿也没有对孩子说话该有的友好。

什么意思？拉尔斯绞尽脑汁地想着。他在学校学过一些德语。你必须马上跟我们走。嗯，拉尔斯想起来了，差不多就是这个意思。

拉尔斯喘起气来。他是个安静沉稳的男人，情绪上很少有大起大落。他从来没站出来为谁说过话，从来没有。但此时此刻，他说着学校里学来的德语，生硬地说："这孩子不是那女人的，她是……"他顿了顿。

士兵转过头来。仍然坐在驾驶台的汉斯抬头盯着后视镜里说话的弟弟。

"她是我的……侄女。"拉尔斯连声音都在颤抖。汉斯无声地张大了嘴，变成了"O"形。

没人相信他。老头儿、化装成老太太的年轻女人、希

特勒青年团的小伙子、提着购物袋的两个女人、两个女孩子,还有修女,他们都不信。车厢里一阵惊讶的沉默。

汉斯松开刹车,完全静止的电车突然向前开动。车上站着的只有拉尔斯和士兵,他们一头栽进旁边的空座位。

拉尔斯就像船上的水手,很快站稳了。士兵喘着气,摇摇晃晃地站起来,努力去抓头顶的栏杆,结果没抓住,跌坐在修女膝上。修女举起手打了他一个耳光。士兵一下子跳起来,用枪指着她。修女眉毛高耸,嘴唇顿时苍白了,但眼神却很坚定,仿佛在说"你敢……"

士兵骂骂咧咧地走开了,像挥旗子一样晃着他的枪。电车旁边开来一辆卡车,盖着灰色和绿色的帆布。电车外面的士兵大吼着:"停下!停下!"

街边的所有人:肉店老板、医生、穿高跟鞋的女人和那个年轻的妈妈,全都被押到卡车后面。拉尔斯都快无法呼吸了,内心的震惊让他站在原地,动弹不得。

卡车司机按响了喇叭。电车上的士兵嘟囔着下了车,上了卡车。卡车开走了。

小女孩还坐在座位上,一动不动。

汉斯发动了电车。轮子滑过铁轨,发出熟悉的"咔嗒"声,让他心里稍微平静了些。他深呼吸了几下。

拉尔斯跌坐在孩子对面的座位上。"我都做了些什么呀?"他自言自语,接着安静下来,好像在等谁回答这个问题。他转头看着孩子。她脸色苍白,眼睛瞪得大大的。她的头发湿湿的,贴在头上和脖子上。孩子张了张嘴,好像要说话,但什么也没说出来。

第三章　温暖

　　孩子的鼻子、嘴巴和双手都贴在车窗上。"妈妈,妈妈,妈妈……"她小声喊着,呼出的气化成玻璃上一团团小小的白雾。她没哭,一双大眼睛只是看着车窗外渐渐暗下来的天色。

　　她妈妈被士兵带走,已经是三个小时以前的事情了。拉尔斯时不时地要注意看下这孩子。他该对她说些什么呢?孩子膝上摆着个苹果。"你想吃吗?"他问。孩子一言不发。他把自己午餐的一个咸蛋分给她,她礼貌地点点头,像只小兔子似的吃光了。

电车开进总站。虽然两兄弟总是抱怨电车很旧,状况不好,但还是仔仔细细地扫地板、擦窗户和座椅、检查电机。汉斯和拉尔斯总是按照预定好的时间,履行自己的职责。

孩子还坐在座位上,手里拿着苹果,不断咽着口水。汉斯和拉尔斯站在电车的驾驶台边考虑着关于孩子的事。拉尔斯也许该问问孩子她还有没有别的家人。他能带她去哪儿呢?会不会有爸爸、哥哥、姐姐或者祖父祖母什么的,等着她回去?他本来应该问这些问题的,但他没有。白天那股惊险劲儿还没过去,他一动不动地站着。

按理说,汉斯本来也应该朝他弟弟发个火:怎么会这么傻,当面顶撞一个纳粹士兵。但他压根儿没有这么想。从小到大,两兄弟从来没吵过架,红过脸。

想得够久了,该做决定了。拉尔斯深吸了一口气,低声说:"我们该怎么办?"

汉斯也考虑了一阵子了。"我们可以把她送到失物招领处。"他小声说。有那么一会儿,两兄弟同时松了口气。

但汉斯接着又问道:"那里会接收人吗?"两人都不清楚。不过这有什么关系呢?失物招领处都关门了。

接着又有了新点子。"我们应该带她去见沃斯太太!"拉尔斯提议。

"对啊!沃斯太太肯定知道怎么办。"汉斯表示同意。

他俩立刻振作起来。沃斯太太就出生在两兄弟家对面那栋薄荷绿的小房子里,那是八十年前的事了。她结过婚,不过,婚后没几天,她丈夫就不幸染上流感,去世了。她倒是没孩子,但自己也曾经是个女孩啊,找她肯定有用的!

拉尔斯对小女孩说:"来,跟我走。已经到终点站了。"他觉得孩子看上去特别热,满头大汗。这很奇怪,因为天气还是有点儿凉的。

仍然一言不发的小女孩从座位上站起来,跟着拉尔斯,从电车上走到总站的水泥地上。黑色轨道上停着一辆辆电车,看起来很单调。她抬头看着拱形天花板上那些散发着昏暗灯光的灯泡。她睁大眼睛,嘴唇颤抖,双腿交叉。这个地方真可怕。

汉斯和拉尔斯走出总站,满心以为孩子会跟着他们,结果没有。她只是站在原地,双腿交叉着。汉斯和拉尔斯赶紧走回她身边。

"咱们现在就该走了。"汉斯非常温柔地说。

"我要尿尿……"孩子小声说。

尿尿?他们想了想。啊!对呀,他们当然知道女厕所在哪儿。几十年了,他们不是给很多人指过路吗?说不定加起来都有十几万次了。只不过他们从来没有真的去过女厕所。

"就在大厅那边。"拉尔斯小声说。

"嗯,我知道。"汉斯也小声回应。说这么小声其实没什么必要,整个电车总站也就十来个人走来走去。三个人开始往大厅那边走。

他们站在女厕所门前。"进去就行了。"拉尔斯指着里面。

孩子没动。

两个男人不安地动了动脚。"我帮你拿着苹果吧?"拉尔斯问。

孩子想了想。她那双棕色的大眼睛打量着拉尔斯的脸,仿佛要看穿他的心思,接着她把苹果递给他。"等妈妈回来的时候,要给她的。"她很郑重地说。拉尔斯点点头,把苹果放进口袋。孩子还站在原地,一脸犹豫。

"你自己能进去吗?"汉斯问道。万一她说"不能",他俩怎么办呢?

"妈妈不让我一个人进公共厕所。"孩子说。

怎么办?"男人不能进去。"拉尔斯小声说。兄弟俩有点儿慌了。

"我能帮忙吗?"一位光彩照人的女士出现了,她身着毛皮领的大衣,脚蹬高跟鞋,嘴涂醒目的口红。她盯着眼前的三个人,脸上有种被逗乐的神情。

"我们的……侄女……想……呃……我们……"拉尔斯吞吞吐吐,语无伦次。

女人大笑起来,"跟我来,小乖乖。"她伸出手。等女厕所的门关上,兄弟俩才意识到这女人的荷兰语带有德国口音。

汉斯一下子跌靠在墙边。拉尔斯掏出一条大手帕擦着额头上的汗珠。他们一直等着,等着。终于,孩子和女人又出现了,两人脸上都带着微笑。

"今晚要开心哟,碧翠丝。"女人说。

碧翠丝?

"谢谢您。"碧翠丝说。

"不用谢,亲爱的。"女人朝碧翠丝露出迷人的一笑,接着转头看着两兄弟,"你们的侄女真是个讨人喜欢的孩子,那小脸蛋儿真可爱。不过我觉得她好像生病了,看上去特别热。"女人用手背碰了碰孩子的额头,然后脚步轻盈地穿过大厅,挽起一个黑衣男人的手臂。

拉尔斯的额头上汗珠直冒,汉斯倒抽了一口凉气,两人都面无血色:那男人穿的是纳粹军官的制服。

"来……碧翠丝。"拉尔斯朝孩子挥挥手。三人离开了电车总站。

汉斯和拉尔斯来到一条大街上,等着行人信号灯变绿,然后过马路。走到一半,拉尔斯转过头,看见碧翠丝还站在路边。

"汉斯,汉斯!"拉尔斯一边喊着哥哥,一边快步回到

孩子身边。汉斯也紧跟着他。"怎么了?"拉尔斯问碧翠丝。她说了句话,两人都没听清楚。汉斯和拉尔斯弯下腰。

碧翠丝踮起脚,"我太小了,没法儿自己过马路。"

汉斯和拉尔斯互相看了一眼。怎么办?他们站在街角,茫然不知所措。解决问题的还是碧翠丝。她走到汉斯和拉尔斯中间,伸出小手,抓住他俩的手。活了大半辈子,汉斯和拉尔斯第一次感受到被别人温暖的小手握着是什么感觉。拉尔斯觉得掌心仿佛突然涌起一股温暖的潮水。汉斯觉得好像地球上最温柔的小动物,比如一只小鸟,在他手里筑了巢。此时此刻,两人心中充满了无比的自豪感与沉甸甸的责任感,他们领着小女孩,安全地过了马路。

第四章 碧翠丝

兄弟俩领着碧翠丝,从大街上拐入他们住的小巷子。两人挺直身子,整理了一下领带,走到沃斯太太门前。汉斯敲了敲门。

沃斯太太开门了。她里面穿着一件家常的衣服,外面披着条旧披肩。碧翠丝心想,这位婆婆真老啊。有一次,她和妈妈跑到一栋房子那儿,妈妈说她认识住在那里的女人,会收留她俩睡上一晚,但那个女人却举着扫帚把她俩赶跑了。那个女人也披了条披肩。碧翠丝想到这儿,马上

躲到拉尔斯身后。

"晚上好,汉斯,拉尔斯。"沃斯太太微笑着问候两人。

汉斯正准备说"晚上好",沃斯太太突然挪了挪身子,看向拉尔斯身后。

"这是谁?"沃斯太太脸上的惊讶取代了微笑。接着她皱起眉头,看上去很震惊。

拉尔斯清了清嗓子,"晚上好,沃斯太太。这个小女孩被留在我们电车上了。不知道您愿不愿意收留她?"拉尔斯语气平静,满怀信心。他想沃斯太太肯定会说:"哦,快带她进来,我当然愿意照顾她啦!"

然而,事实上他听到的是:"被留在电车上?她是一把雨伞吗?还是一本图书馆的书?一只手套?一个饭盒?还是一袋杂物啊?你说'被留在电车上'到底是什么意思?"

天哪,沃斯太太显然很生气。汉斯和拉尔斯结结巴巴地说不出话来,仿佛被突如其来的狂风堵住了嘴。

沃斯太太低头看着小女孩,摇摇头说:"把她带到你们家去。我马上过来。"

汉斯和拉尔斯阴沉着脸,牵着碧翠丝小跑到街对面。

汉斯拿出一把黑色大钥匙开了门。一进房门,两兄弟就把大衣脱了挂起来,帽子也摘了下来。他们把围巾折好,又把手套收进柜子里。这柜子还是他们已经过世的好妈妈放在那儿的,专门用来收手套。

孩子上下前后地张望着。她似乎动了动嘴唇,眼中充满泪水。拉尔斯用手肘碰了碰汉斯。哦,天哪,要是孩子哭了,他们可不知道怎么哄!

"你把外套脱了,给我好吗?"汉斯对孩子说,好像她是被邀请来参加聚会的大人。孩子点点头。

碧翠丝的外套里面还穿着一件稍微薄点的外套。汉斯有点儿困惑,但他也不会开口问怎么回事,只是把这件外套也挂了起来。汉斯和拉尔斯惊讶地看着孩子脱掉一件毛衣、又一件毛衣,接着是一条裙子、又一条裙子,然后是一件衬衫和两条半身裙。她腿上还穿着几条裤子、几条紧身裤、几双长袜,还有……好像是短裤吧。

汉斯和拉尔斯靠在墙边动弹不得。怎么办?怎么办?别这样,别脱了。天哪,天哪!

很快,碧翠丝就脱得只剩下一条小裙子了,有点儿像

参加夏日的野餐会或者坐船出去玩的衣服。裙子颜色鲜艳,裙角拖到她的脚踝。此时此刻拉尔斯才意识到,这孩子一点儿也不胖。实际上,她瘦瘦小小,肘关节和膝关节都很突出。这孩子一定热坏了,所以头发才被汗水打湿了,脸蛋儿也红彤彤的。

　　拉尔斯深吸了一口气,清了清嗓子,"碧翠丝,我叫拉尔斯·哥特尔。这是我哥哥,汉斯·哥特尔。"拉尔斯指指自己,又指指汉斯。汉斯弯了弯腰。

　　"你们好!"碧翠丝说。

第五章 沃斯太太

"孩子,你从哪儿来?"沃斯太太问道。

沃斯太太遵守诺言,很快就从街对面过来了。现在她站在客厅里,之前的家常便服已经换成了一件质量较好又很得体的衣服,是穿出去见人的。沃斯太太比较注重仪表,总是衣着得体,非常有礼貌。

碧翠丝用手指捻着裙子。这位女士究竟很好还是很凶?真是看不出来。

"孩子,你叫什么?"沃斯太太问。

"她叫碧翠丝。"汉斯说,但声音非常非常轻。

"碧翠丝。嗯,这名字挺好听。"沃斯太太说,但语气可一点儿也不友善。她也经常这么面无表情地说:"这白菜挺新鲜的。"

孩子一言不发。

"要是你不知道自己从哪儿来,那你知不知道要到哪儿去?快说话,孩子。"

眼前的碧翠丝仿佛一下子缩小了。她垂下头,眼睛死死地盯着地板。"妈妈说……"她小声说。

"说啊,你妈妈说什么了?"沃斯太太问。孩子就是不把头抬起来,一滴眼泪顺着脸颊流了下来。

"沃斯太太……"拉尔斯本想说沃斯太太可能有点儿太凶了,但看上去沃斯太太在生两兄弟的气。两人可从没遇到过这样的情况。"她……她妈妈本来在电车上的。纳粹上了车,然后……"拉尔斯结结巴巴地说。他有点儿慌。两兄弟对沃斯太太一向言听计从,要让他们反驳她甚至跟她顶嘴,可是件难事。

"我和妈妈一起坐电车,但是坏人把她带走了。我就到这儿来了。"小女孩的眼泪像断了线的珠子似的不断涌出来,鼻涕也一起流了出来。她用攥成拳的小手抹抹脸,更是把自己弄成了个"小花猫"。

"哎呀,哎呀。"汉斯从口袋里掏出一条枕套那么大的手帕,两根手指夹着递了过去。手帕就那样悬着、晃着,好像哪儿有一股微风似的。孩子没有伸手去拿,汉斯自己把手帕卷起来,擦着孩子的脸,动作生硬得像擦桌上的一块水渍。

"她的证件……她是……"拉尔斯完全说不清楚话了。

"哦,天哪,汉斯。"沃斯太太抢过手帕,三下五除二帮孩子擦了脸。那一瞬间她想明白了,露出恍然大悟的表情。

沃斯太太又看了看地上的童装。接着,她半转过身子,好像巨大的军舰在港口转弯,朝向了汉斯和拉尔斯,"她妈妈被带走了,因为是犹太人,对吗?"

兄弟俩点点头。

"你们不看报纸吗?收留犹太孩子,你们可能会被纳

粹枪毙的。"

拉尔斯鼓起勇气轻声说:"就说她是我们的……侄女?"

"你们的侄女?我跟你们认识了一辈子。你们有姐妹吗?有表亲吗?有什么活着的亲戚吗?"

没人回答。

沃斯太太站在那里,一动不动。她眯起眼,抿着嘴。她斜过身子,让汉斯和拉尔斯也靠过来。三个人头碰头,她悄声说:"你们没看见街上那些人吗,推着车子,上面装着他们所有的家当。纳粹在没收犹太人的房子和财产。听别人说很多犹太人要躲起来。可能这孩子就是要被带到什么地方躲起来的。带个行李箱肯定会被注意到,所以这孩子的妈妈把所有衣服都给她穿在身上了。"

汉斯和拉尔斯站直了。两个人都没说话,但都清楚对方在想什么。沃斯太太说的事情他们当然都看到了,透过电车的窗户能看到路上到处都是那样的人,带着行李箱什么的。他们也知道那些规定,怎么可能不知道呢?全城到处都贴着呢:犹太人不许去剧院,不许坐火车,不许乘电车；他们不能去公共游泳池游泳；每天只有下午的短短两个小时去买东西，而且商店也是特别指派的那几家……各种规定数也数不清。但两兄弟完全不知道自己能做点什么。

而这孩子是不是犹太人，跟他们又有什么关系呢？他们让这个可怜的孩子在家里睡上一晚，也就像去喂饱一只流浪猫一样。不然他们还能怎么做呢？只有大恶人才会把她不管不顾地扔在电车上过夜呀。

沃斯太太的注意力又转回小女孩身上，"你有家人吗？有没有？"孩子摇摇头。汉斯和拉尔斯跟两个犯错的小男孩似的站在那儿，双手焦虑地合上又分开。

"你妈妈叫什么名字？"沃斯太太问。

"妈妈……"孩子很小声。

"那你爸爸是叫'爸爸'吧！"沃斯太太说。

碧翠丝点点头。

"你姓什么，知道吗？"沃斯太太又问。

碧翠丝摇摇头，用蚊子一样细小的声音说："妈妈不让我告诉别人。"

沃斯太太皱着眉头转身看着汉斯和拉尔斯。(不过她需要站在小凳子上才能直视拉尔斯的眼睛。)"我觉得你们不太清楚自己招惹了多大的麻烦。"沃斯太太顿了顿,又说,"我想应该没人看到你们把孩子带下车吧?"汉斯和拉尔斯都有点儿犹豫。沃斯太太看了看哥哥,又看了看弟弟。"什么事,快说!"她严厉地说。

"有个女人,在厕所里……还有个纳粹军官,还有……"拉尔斯闭了嘴。

沃斯太太一屁股坐在旁边的椅子上,"从头说。"

还是汉斯一五一十地讲清了事情经过。听完以后,沃斯太太摇摇头,说:"你们才照顾这孩子五分钟,就遇到个纳粹军官。"她深深吸了口气,"好吧,我们只能假设那个女人要么没注意到孩子穿了很多衣服,要么是同情心大发帮了你们一把。不过你们必须明白,这要冒多大的风险,你们有多容易被抓住。"汉斯和拉尔斯脸色煞白。沃斯太太把食指紧压在嘴唇上,做出"嘘"的动作。

"现在也没别的办法了,只好这样了。孩子得吃点东西,然后睡一觉。汉斯,我建议你来做晚饭,做香肠就好。

41

拉尔斯,等她吃完饭,还得洗漱什么的,才能上床睡觉。"

汉斯和拉尔斯瞪大眼睛看着老太太。这真是他们生命中最茫然的时刻。他们俩是好人,一直很善良,与世无争,但从来没想过会去照顾一个孩子,就算只有一晚。

拉尔斯开了口:"我们本来在想,您能不能……"

沃斯太太很坚定地在他眼前摆摆手,说:"她是你们的侄女。你们最好从现在就学学怎么去照顾一个孩子。我建议,汉斯做饭的时候,你把她的发带摘了,给她好好梳梳头。"

两个男人一动不动地站着。

"我的老天爷呀!拉尔斯,到楼上去把你妈妈的梳子拿下来!肯定就在她原来放的地方。"

拉尔斯正求之不得想开溜,哪怕就一会儿也好。他忙不迭地上了楼。

拉尔斯回来的时候,香肠已经在煎锅里"刺刺"地冒着热气。碧翠丝正吃着一片抹了黄油的面包,她的头发散落在背上。拉尔斯叹了口气:这么长这么多的头发,怎么办哪?兄弟俩可基本上都是秃头啊。

"好了,拉尔斯,你来试试。"沃斯太太说。

拉尔斯用大拇指和食指捏起梳子。

"拉尔斯,梳头。"沃斯太太下了命令。

拉尔斯颤抖着,举起梳子在孩子脑袋上空挥舞。

"老天爷,那是梳子,不是魔杖。"沃斯太太伸手拿过梳子,使劲梳了好几下碧翠丝的头发。

孩子对自己背后的这一幕完全不感兴趣。面包真好吃。她抬头张望着菜板上的那条面包:能不能给妈妈留点呢?

沃斯太太突然停下了,梳子举在半空中。她退后一步,看着孩子的背脊:关节很突出,透过薄薄的裙子清晰可见。沃斯太太坐在一把餐椅上,眼泪不由得涌了上来。她的喉头哽咽了。显然,这孩子挨饿不是一两天了。

"您没事吧?"拉尔斯问道。他的声音听上去挺紧张的。

"我没事,谢谢关心。"沃斯太太一边小声说,一边看着散落在地上的衣服,接着目光又回到孩子的头发上。孩子挺干净的,头发也软软的,地上的衣服也都是修补整齐、洗得干干净净的。在战火纷飞的时候逃难,无家可归,还能这么干净,一定非常非常困难。"这孩子是有人疼的……"她低声自言自语。

"您说什么?"汉斯说。

"嘘,让我想想。"她挥手让汉斯别说话。沃斯太太不是那种轻易动感情的人,特别是有正事要做的时候,而且她马上就想清楚了这件事情该怎么做。"那个女人和纳粹军官的事情,算咱们走运,但运气可不能当饭吃。"她郑重宣布。

汉斯和拉尔斯充满希望地互看一眼,沃斯太太说的可是"咱们"呢。

"邻居也看到这个孩子进来了。"沃斯太太继续分析形势。

拉尔斯有点儿困惑。这条巷子里的所有人他们都认识,除了一个女人,叫丽芙·范德米尔。不过她看上去也是很好的人。"肯定不会有人去报告有孩子在我们这儿过夜吧?这有什么不对的?"拉尔斯说。

"现在多危险啊!"沃斯太太边说边站起来,用一条丝

带给孩子绑好头发,"还有,千万别让这孩子散着头发去睡觉。要真这样,早上可有你俩受的。"沃斯太太拿起手提包,"我一会儿再过来。你们吃完饭,一定要给她刷牙,帮她找睡衣穿上。"沃斯太太像个将军一样,充满权威地给两兄弟下命令。

汉斯和拉尔斯站在那儿,吃惊地张着嘴。这些从来没做过的事情让他们特别震惊,好像沃斯太太刚刚说的是把这孩子烤了拌着豌豆吃下去一样。

第六章 邻居

沃斯太太走出房门,在花园的门前站了一会儿。她抬头看看晦暗阴沉的天空,接着又低头看看鹅卵石路上形成的一个个小水洼。此时此刻,世界仿佛已经完全颠倒,仿佛地在头顶,天在脚下。这一切怎么就这样发生了呢?她以前从没真正恨过谁,一直到刚才。但她现在痛恨纳粹。不过,她最痛恨的还是自己接下来要做的事。

现在是晚上七点,时间还早。离讨厌的纳粹规定的宵禁时间还有一个小时。每家每户的窗户都挂上了厚厚的

遮光帘,大概是防止同盟国①的军队看到灯光,往他们头顶扔炸弹。同盟国的那些人,什么英国人、澳大利亚人和加拿大人,都想把纳粹占领的机场跑道、港口和大楼给炸了。但他们总是瞄得不准,炸到老百姓这儿来。这到底是打的什么仗啊?你的朋友不断给你扔炸弹;你的敌人把城里一半的市民指认作叛徒,而剩下的一半也难逃枪子儿。唉!

三号房那边的窗帘动了一下,被她注意到了。好,那就从那儿开始吧。

门上响起了清脆短促的敲门声,一个矮胖的男人开了门。

"晚上好啊,沃斯太太,快请进。"范伊戈尔先生的声音洪亮地传了出来。

老天爷,沃斯太太心想,那个讨厌的希特勒恐怕在柏林都听到他的声音了。

---

①第二次世界大战时,交战双方一派是法西斯国家联盟,以德国、日本和意大利为首;另一派是全世界二十六个反法西斯国家联合起来的反法西斯同盟,即同盟国,以中国、苏联、英国和美国为首。

沃斯太太进了门。"你真是太热情了,范伊戈尔先生。但我只需要耽误你一点点时间。不知道你有没有注意到二号房的汉斯和拉尔斯兄弟?他们把侄女接来了。"沃斯太太的声音温柔清脆,听起来像一位高雅的淑女。

"嗯,我看到那孩子了。您说那是他们的……侄女?"范伊戈尔先生笑了,但听起来更像是不相信的哼声。

沃斯太太没理会他的反应,"对,我就是这么说的。是个远房的侄女。"沃斯太太死死地盯着眼前这个男人。他的笑声在一片寂静中显得空荡荡的,仿佛湿乎乎的衣服悬在了晾衣绳上。"不过,我来不是为了那个父母双亡的乖乖女。我来是为了向你保证,我绝不会透露你的秘密。我可不想让你担心。"她微微一笑。

"我的秘密?你什么意思?"范伊戈尔先生很困惑,接着又有些愤怒。所有人都知道,向纳粹告发邻居是件轻而易举的事情。谁都可以轻轻巧巧地写张便条送到盖世太保的总部,说"某某先生是共产党",或是"收听了英国的广播"。什么都可以说,真的。然后立马就会有一辆卡车开到你家门口,把你给押上去。可能是送去问话,也可能永

远都回不来了。

"范伊戈尔先生,你在听吗?"沃斯太太问道。

范伊戈尔先生不安地咳嗽一声,"在听。您继续。"

"我只是想告诉你,我不会告诉纳粹,你祖母是犹太人。"这次沃斯太太不笑了,只是意味深长地看着范伊戈尔先生,好像要把他看穿。

"我祖母不是犹太人。"他瞪大了双眼。

"哦,她是的。你爸爸的母亲。特别好的女人。她给过我一个非常美味的饼干食谱,是什么来着?哦,天哪,人老了记性不太好了。好像每块饼干都是三角形的,像什么'哈曼的帽子'。啊,对了,我记得了,是为了庆祝普林节做的饼干[①]!对了,你一定也记得吧?奶奶做的饼干,哪个孩子不喜欢哪!"

范伊戈尔先生气急败坏地抗议。

沃斯太太把食指比在嘴唇前,压低声音对他耳语:"记住,秘密都是可以保守的。我会保守你的秘密。"她轻

[①] 犹太教的传统节日普林节,又被称为犹太狂欢节。"哈曼的帽子"是一种三角形饼干,是这一节日的特色食品。

轻点点头,道了再见,又来到街上。她背后的房门轻轻关上了。

沃斯太太又看了一眼天与地,然后来到五号房门前。

半个小时内,沃斯太太就走访了巷子里的五栋房子。每一家都得到她的保证,他们的秘密不会被说出去。这些秘密有的和党派有关,有的和宗教团体有牵扯。沃斯太太保证,这些秘密会永远保守在她写的一封信里,藏在一个秘密的地点。每次她离开的时候,都会说同一句话:"我相信,你一定会热烈欢迎汉斯和拉尔斯的侄女。"

最后一栋房子,八号,住着丽芙·范德米尔太太。那女人看上去三十出头,一年前才搬进来。沃斯太太和她有过多次愉快的谈话。她非常喜欢这位少妇。

丽芙·范德米尔每周日去教堂都会经过沃斯太太家门口。两人是同一个天主教会的,只是沃斯太太不像她每周都去。不过,沃斯太太不会放过和邻居搞好关系的机会,特别是在这样的艰难岁月里,邻居显得格外重要。所以,她偶尔会和范德米尔太太一起去教堂。沃斯太太逐渐了解到,范德米尔太太在教育部工作,来自比利时,她的

丈夫是荷兰人,不过谁都没有见过他。而范伊戈尔先生这种爱传闲话的人,话里话外总是暗示说,丽芙·范德米尔的丈夫跑去参加了英国空军。

另一个邻居,范布里克太太说过,丽芙·范德米尔的丈夫好像在一次轰炸中死了。但没人能确定到底是什么情况,因为丽芙本人什么都没说过,直接问她又显得很唐突。沃斯太太觉得,范德米尔太太不是什么偷偷摸摸的人,她只是很注重个人隐私罢了。这两者可不太一样。

另外,她总让沃斯太太想起年轻时候的自己。当然了,沃斯太太年轻时没她那么高,也没有一头金发、蓝色的眼睛和姣好的身材。不,不是说外貌相像,只是她身上散发出来的那种真诚和善良,和年轻时的沃斯太太如出一辙。

沃斯太太几乎可以肯定,丽芙值得信赖。那只是一种感觉,一种直觉。要是她的直觉错了,所有人都会有生命危险。现在,一切都要靠沃斯太太的直觉了。

沃斯太太敲开了八号房的门。

"啊,沃斯太太,您怎么来了?真开心。"丽芙·范德米尔太太说。一头金发在她肩上跳跃,她的唇边眼角都满含笑意。

"晚上好,范德米尔太太,你一个人在家吗?"这话问得有些冒昧,让沃斯太太都脸红了。

丽芙没生气。事实上,她好像有点儿被逗笑了。"是呀,当然是一个人。请进来吧。"她回答。

"那就好。"沃斯太太迈过门槛,"还有二十分钟就宵禁了,我就直说吧。二号房的汉斯和拉尔斯兄弟救了个犹太小女孩。她看上去大概五六岁的样子。他们需要你的帮助。"

丽芙·范德米尔太太停顿了一下,说:"您就别客气了,以后叫我丽芙就好。"

第七章 第一夜

沃斯太太坐在丽芙·范德米尔太太的客厅里。"您想来杯咖啡吗？"丽芙说。

"不用了，谢谢。"去别人家做客，主人都会请喝咖啡，但战争期间大多用的是人造咖啡①，特别难喝。沃斯太太觉得泥水都比这好喝。

---

① 人造咖啡是一种不含咖啡成分的人造食品，它在色、香、味上与天然咖啡相似，且价格便宜。战争期间，德国为应对物资紧张而大量生产人造咖啡，配给军队和平民。

她把实话告诉这个还不怎么熟悉的女人,是冒了多大的风险哪!现在她开始意识到这一点。一向伶牙俐齿的沃斯太太,居然不知道该说什么了。

"汉斯和拉尔斯是好心人,但他们自己没办法……"

"我应该能帮上点忙。我以前做过老师。"丽芙说。

"你在哪儿教书?"沃斯太太赶紧抓住这个机会多了解一下这位新朋友。

"在鹿特丹。我和姐妹们都出生在丹麦,但几年前搬去鹿特丹了。"

沃斯太太深吸了一口气。纳粹入侵荷兰不久,鹿特丹的中心城区就被他们炸了个稀巴烂。

"我在普通学校和主日学校①教书。"丽芙说。

"现在你的家人都在哪儿呢?"沃斯太太问。

"我没有家人了。"丽芙环顾房间四周,然后低头看着自己的手。她深吸了一口气,继续说道:"轰炸的时候他们都死了。当时我不在家。回到家就看到我爸妈、姐妹、她们

---

①又名星期日学校,西方国家在星期日为贫民开办的初等教育机构。

的孩子、我的姐夫妹夫,还有祖父,都死了。整条街都变成了一片废墟。"丽芙说。她坐直身子,好像要支撑自己承受住这痛苦的回忆。她热泪盈眶,但语气里没有一点儿自怜自艾。

"我非常非常抱歉。但你的丈夫……"

丽芙摇摇头,"我丈夫不在。他在做有关战争的工作。"

有关战争的工作?这到底是什么意思?沃斯太太心想。不过,听了丽芙一家的悲惨遭遇,现在再向这个年轻女子多问什么都显得不太合适了。

沃斯太太回到二号房,没敲门就进了屋,来到厨房,看着她眼前这一幕:两个老头子和一个小女孩望着她,每个人都有些茫然和害怕。怎么办?她长叹一声,在桌边坐下。

"从这周六早上开始,碧翠丝就到丽芙·范德米尔太太家开始接受天主教教育。你们的侄女应该信天主教的。

55

我们可不希望'上面'问起她有关宗教的问题时,她一问三不知。①周日我们就一起去教堂。现在这么危险,我们要想平安度过,就全靠上帝保佑了。"

汉斯和拉尔斯说不出话来。沃斯太太继续说道:"我们必须要相信她。反正我是听说,就算是在情况最好的时候,养个孩子也很困难的。"

"养个孩子"在小小的厨房里听来特别刺耳。汉斯和拉尔斯脸上都露出震惊的表情。男人是没法儿养孩子的,他们哪儿会做啊?

"我们没想养着她。"汉斯说。

沃斯太太站起来,身板挺得直直的,伸展了一下脖子,就像一只从洞里跳出来的兔子。"那你们想把她怎么办?把她扔到纳粹手里?你们怎么去找她妈妈?要是你们跑到'上面'去问她妈妈的事,只能让他们注意到你们和这孩子。"沃斯太太低头盯着坐着的两兄弟,"现在周六和周日她都有地方去了。剩下的周一到周五,你们准备把这

---

①犹太人信奉的是犹太教,所以纳粹经常用宗教问题来分辨犹太人。

孩子怎么办?"

"明天我们带她一起去上班。"拉尔斯说。

"可能明天她妈妈就回来了。"汉斯补充道。

"那她要是没回来呢?"沃斯太太显然很累了。

"那我们就每天都带她去上班,直到她妈妈回来。"拉尔斯说。

沃斯太太摇摇头,叹了口气,"好吧。我明早再来,给你们示范下怎么为她梳辫子。一定要把窗帘拉好,别让士兵或者警察看到了找上门来。晚安。"

拉尔斯把沃斯太太送到门口。"谢——"他开了口。

"别谢我。"沃斯太太举起手,好像在阻止前进的车流。接着她又透过门厅看着厨房。碧翠丝就在餐桌边,乖乖地坐在椅子上。"德军那么无所不能,怎么会害怕这么乖的小女孩呢?真是疯了。"她有些忧伤地说。

宵禁时间已经过了。她走到黑漆漆的街道上,仔细地四下看看,冲到了街对面自己的家中。这么忙里忙慌的,八十年来还是第一次。

大人们说话的时候,碧翠丝一直乖乖坐着,什么都没说。不过她听到他们说的了。他们说妈妈明天就会回来找她。妈妈,妈妈,回来,回来找我呀。她想微笑,甚至大笑,可是香肠吃多了,肚子胀胀的。

汉斯去给碧翠丝找睡衣了。拉尔斯则开始收拾门口堆成一堆的童装。哎,这么多衣服里都没有一件睡衣,真是伤脑筋。

"我找了件妈妈的睡衣。"汉斯快步回到厨房,举起一件法兰绒睡衣。这件睡衣特别大,都可以当船帆了。不过,汉斯会补袜子、补衣服、给裤子锁边,所以这难不倒他。他拿起剪刀,把睡衣剪得只剩一半,举在灯下看了看,又拿起剪刀。

剪,剪,剪,停下看看。剪,剪,剪,停下看看。

最后的成品看上去相当特别。碧翠丝把这件奇形怪状的衣服套在她的羊毛内衣和肥大的法兰绒小内裤外面。汉斯和拉尔斯转过头不看她。

"穿好了。"她说。汉斯和拉尔斯转过身。哦,天哪!剪,剪,剪,停下看看。剪,剪,剪,停下看看。

还是太大了,而且现在都不对称了。不过应付一个晚上还是可以的。

孩子跑到花园后面的户外厕所去方便(汉斯和拉尔斯站在门口帮她守着),接着到水槽边洗了脸,用干净的手指蘸着混合好的牙粉刷了牙。然后三个人庄严地踏上台阶,走向两兄弟母亲过去住的房间。床架是黄铜的。碧翠丝钻进了大大的羽绒被里。

"睡个好觉。"汉斯弯了弯身子,送上晚安的祝福。

"睡个好觉。"拉尔斯也点点头,重复一遍。

他们走出房间,关上门。这倒也不难嘛!大家说起养孩子的辛苦,为什么都那么夸张呢?你只需要把她喂饱,给她找件衣服穿,做些琐碎的事情,比如梳头发、刷牙什么的,然后送她去睡觉就行了。

他们很高兴,还有点儿得意扬扬的。本来两人应该欣慰地互相拍拍背的,不过他俩可不是那种情绪外露的男人。

他们把耳朵贴在门上,想听听孩子睡着后发出的那种均匀温柔的呼吸声。

碧翠丝躺在硕大的床上。她还从来没睡过这么大的床呢！去年一整年,她要么藏在纸箱子里,要么就躲在床底下或者小阁楼上。不过妈妈一直陪着她,她觉得很安全。妈妈会给她唱歌,讲故事。现在,她躺在这么大一张黄铜床上,却孤身一人,妈妈去哪儿了？

妈妈,妈妈,明天你会回来吗？请你一定要回来。她没想哭的,妈妈跟她说过不要哭,会有人听到的。妈妈说过："你不能告诉任何人自己是犹太人。你不能告诉任何人我们都在哪里住过。你必须保守秘密。你不许哭。答应我。"当时妈妈瞪大眼睛看着自己,语气严肃,真是吓着她了；不过她最害怕的,还是妈妈在睡梦中哭泣。

碧翠丝早就学会了把眼泪咽回去,吞进肚子里,但今晚这些眼泪怎么这么不听话！她的心中泛起阵阵酸楚,鼻子一抽,眼泪不禁淌了出来,止也止不住。"妈妈……妈妈……"她把头埋在枕头里,抽泣着。

怎么回事？汉斯和拉尔斯站在门外,听到了孩子的哭

泣声。

怎么办？汉斯焦急地搓着手,拉尔斯在狭窄的过道上来回踱步。就在刚才,一切看起来还是那么轻而易举。

他们等了一会儿。也许她马上就睡着了。然而,时间过去了很久,孩子还在哭。她的眼泪流不干吗？一个小孩子能有多少眼泪？一杯？一瓶？一大罐子？

汉斯把门推开一条缝。"碧翠丝,你没事吧？"他小声问。

孩子能怎么回答呢？她才六岁,身处完全陌生的地方,妈妈还不在身边。

怎么办啊？汉斯和拉尔斯悄悄溜进房间,站在床尾。他们用脚蹭着地,想了好一会儿,终于有了主意。

"她可能喜欢玩具吧？"拉尔斯试探地说。

"是呀,玩具!"汉斯称赞道。他快步走出房间,飞奔到房子的顶楼。很快,他手里拿着个金属质地的黑色火车发动机回来了,这个大家伙曾经是他最喜欢的玩具。汉斯把玩具递给孩子,她的哭声停止了,但眼泪还是从脸上流下来。汉斯完全不知所措,只好把发动机塞进孩子旁边的被

61

窝儿。这一团金属又尖锐又冰冷。

孩子还在哭,小小的眼眶完全红了。

"要不然咱们讲个故事给她听?"汉斯说。

"是呀,讲故事!"拉尔斯边说边穿过走廊,来到他们自己的房间,拿了本《汽车发展史》回来,那可是母亲送给他的一本特别棒的书。他把"英王爱德华时代的汽车"那一章全部大声读完,还给碧翠丝看了图表。"看,这辆汽车用了行星齿轮变速器,还有踏板控制系统呢!"他边说边指给她看。

孩子还在哭。怎么办?怎么办?如果妈妈在这儿,她会怎么做?

点点滴滴的回忆涌上心头。好久没去想,都有些记不清了,往事仿佛蒙上了岁月的尘埃……他们生病的时候,拉尔斯不小心从自行车上摔下来的时候,汉斯得了重感冒生命垂危,都请牧师来做祷告的时候……妈妈做了些什么?啊,想起来了!当他们难过甚至绝望的时候,妈妈会躺在他们身边,温柔地说着安慰的话。

汉斯继续搓着手。拉尔斯继续在床和墙之间的狭窄

空间来回踱步。

　　最后,作为哥哥的汉斯首先采取了行动,他躺在孩子一侧的被子上,拉尔斯躺在另一侧。两人都把双手放在肚子上,盯着天花板。两兄弟看上去就像两个大枕头,一个圆圆的、软软的,另一个长长的,没那么软。现在,让他们想想,妈妈都说过些什么?

　　"嘘,嘘……"汉斯对着天花板说。

　　"是呀,嘘,嘘……"拉尔斯对着同一块天花板,重复着哥哥的话。

　　过了几分钟,孩子的哭喊变成抽泣,接着变成小声的呜咽。碧翠丝扭动了一下身子,缩了下去,手臂随意地搭在火车发动机上。

　　"嘘,嘘……"汉斯低语道。

　　"嘘,嘘……"拉尔斯低语道。

　　又过了好多好多分钟,她终于睡着了。

　　两兄弟从头到脚都松了口气。他们踮着脚慢慢走出房门,接着急匆匆地穿过门厅,一头扎进自己的卧室。厨房里那些盘子怎么办?他们可容忍不了脏兮兮的厨房啊!

但两人都筋疲力尽了。他们一言不发地穿上睡衣和睡袜,戴上睡帽,躺在各自的单人床上。这两张床还是亲爱的爸爸妈妈在他们小时候买的。过了好一会儿,两人才睡着,不过睡得很香。

先醒来的是汉斯。他的床在窗边,他拉开严严实实的窗帘,转过身,出人意料地小声喊了出来。

"拉尔斯!"他喊道。拉尔斯被他惊醒了。"快看!"汉斯指着两张单人床之间的地板。

就在地板上,有一块耸起的小毯子。毯子下面,躺着蜷缩成一只小猫似的碧翠丝。

第八章 三人行

他们尽力了。多年以后,沃斯太太也会说这句话:"你们尽力了。"然而,那天早上,当她站在厨房的门槛前时,不禁大声责怪:"你们都干了些什么呀?"

拉尔斯手里拿着梳子,站在碧翠丝身后。孩子正在吃早餐。"乱得跟个鸡窝似的!"沃斯太太抱怨着。碧翠丝的头发被编成四条乱七八糟歪歪扭扭的辫子,哦,不对,如果算上她背后垂着的那绺打结的头发,应该是五条。

"这又是什么?"沃斯太太看着餐桌。碎花的油布上摆着面包、苹果糖浆、奶酪、花生酱、冷肉片和巧克力碎屑,汉斯还拿出重大场合才舍得吃的果酱。另外还有饼干、涂了黄油的黑麦早餐蛋糕、奶油蛋糕、红浆果圆面包和一大罐子的咖啡,真正的咖啡!沃斯太太大吃一惊。这可是战争时期呢!

"要是这孩子把这些全吃了,会生病的!我的天哪,快把咖啡拿开!"

站在炉灶旁的汉斯一开始显得很惊讶,接着垂头丧气。他张张嘴刚想说话……哈,沃斯太太又举起了她的手。汉斯没机会说话了,只得抿着嘴不作声。

沃斯太太从拉尔斯手里接过梳子,开工了。等头发梳好,辫子编好,就该考虑一下碧翠丝穿什么了。他们挑了一条裙子(当然没忘了必要的内衣裤),还有袜子、鞋子、外套和帽子。三份午饭都打包好了。接着沃斯太太把他们送到门口。

"给妈妈的苹果!"碧翠丝喊起来。拉尔斯从口袋里拿出苹果给她看。小女孩点点头,拉尔斯又把它放回口袋里。

汉斯拿出钥匙。

"不用了,我帮你们锁门。"沃斯太太说,"你们快走吧。"她挥挥手说再见,接着筋疲力尽地坐在窗边的椅子上,手里握着一杯咖啡。

他们走了六个街区,来到电车总站。汉斯和拉尔斯平生第一次迟到了。

一整天碧翠丝都坐在司机汉斯身后的座位上。她手里拿着那个苹果,等啊,等啊。拉尔斯看着她。孩子这么痛苦,他的心也很痛。

妈妈没有回来。

第九章 危机

1943 年

阿姆斯特丹　春天

汉斯把衣服边角上的别针拔出来，一边还看着煎锅里的炒蛋。碧翠丝站在餐桌上，尽量不让自己烦躁。这是这个月汉斯叔叔改的第三条裙子了。

"好了，这已经是最长的了。下来吧，小心点。"

碧翠丝扶着汉斯叔叔的手，从桌上踩到椅子上，再跳到地板上。

"我们的券够了,能买半磅黄油。"拉尔斯说。他正坐在桌子的另一端整理这周要用的配给券。还是能买到食物的,但数量不多。

"那咱们就烤个蛋糕吧!"汉斯宣布。

汉斯端上早餐:一份炒蛋三个人分,一个苹果分成三份,每人一片薄薄的面包,碧翠丝还有一大杯热巧克力。管他打仗不打仗,汉斯总有办法在早餐时给碧翠丝来点加餐。

汉斯和拉尔斯也尽全力不让碧翠丝听到有关战争的新闻。但她现在已经七岁了,对她保密变得越来越难。怎么瞒得了她呢?爆炸声不绝于耳,还有每天晚上向天上扫来扫去、寻找盟军飞机的刺眼的探照灯。

几乎每天晚上全城都会拉响警报,几乎每天晚上都有炸弹丢下来。盟军的轰炸机正飞越荷兰,向德国进攻,但他们好像并不清楚炸弹该往哪儿丢。上周,阿姆斯特丹北部就遭到了严重的空袭,死了好几百人,还有很多人受伤住院。

有的人家就在自己的后花园修了防空洞。但在炸弹来临时,像汉斯、拉尔斯和碧翠丝这样的大多数家庭都只能蜷缩在餐桌或者楼梯间下面,屏住呼吸。只有听到警报解除的哨声之后,他们才敢走出来,身体僵硬地开始自己的一天。

碧翠丝把盘子里的东西吃得干干净净,连一点儿碎屑都没剩下。她坐在大大的锡质餐桌边,一手拿着一支蜡笔,另一只手按着一张画纸,上面是她画的独角兽。这只独角兽是个女孩,身体是嫩黄色的,耳朵是粉色的,额头中间的角是蓝色的。一位漂亮的女士牵着独角兽的缰绳。这位女士无论出现在碧翠丝的哪幅画里,手里都会拿着一个苹果。

"这位女士叫什么名字?"汉斯有时候会问。碧翠丝总是坚定地摇摇头。大家当然都知道这是她的妈妈。但汉斯和拉尔斯并没有追问孩子。他们相信,等她准备好了,自然会告诉他们的,或许要等到战争结束吧。

有人敲门,是很特别的敲门声。"去开门,让沃斯太太进来。"拉尔斯边说边把配给券收起来。碧翠丝跳下椅子,跑过门厅。一般来说兄弟俩是不许碧翠丝去开门的,但沃

斯太太是个例外。

沃斯太太戴着一顶睡帽,在睡衣外面裹了件外套。她匆匆跟碧翠丝说了声"早上好",然后急急忙忙地跑到厨房。汉斯和拉尔斯吃惊地抬起头。沃斯太太可是很注重仪表的。

"丽芙刚刚来找了我。她说'上面'宣布了消息,所有犹太人必须在市中心的广场集合,要被驱逐出境。"沃斯太太脸色苍白,上气不接下气。

"请先坐下,沃斯太太。"汉斯说。

"坐哪儿?"她环视着整个厨房。是呀,坐哪儿啊?所有的椅子上都堆着书和有待缝补的衣服,又或者是碧翠丝画的画。

"拉尔斯叔叔,我必须去广场吗?"碧翠丝拿起一支蓝色蜡笔,问道。

汉斯、拉尔斯和沃斯太太三人都站在那里,一动不动。过了一会儿,拉尔斯在碧翠丝身边弯下腰来,眼中突然涌出泪水。

"他们就是去广场开个会,没别的事。不过,记住,你不是犹太人。你现在是天主教徒了。"拉尔斯说。

"妈妈告诉过我,永远也别告诉任何人我是犹太人。"

"好孩子。你快去找找雨帽,今天可能会下雨哟。"汉斯说。

碧翠丝走远了,听不到他们说话了。三个人小声商量起来。听别人说,纳粹很有可能一家一家地搜寻犹太人,还为此专门组织了特别搜查队,到处去找藏起来的犹太人。"任何人举报邻家私藏犹太人,都能得到七荷兰盾的奖励。"沃斯太太小声说。汉斯和拉尔斯点点头。这不是"听说"的,大家都看到张贴的通知了。七荷兰盾可不是笔小数目,能供他们整整一个星期甚至更长时间的开销了。

任何传言,任何风吹草动,他们都一直注意听着。他们尽量多了解各种渠道的信息。现在,他们早已认识到战争的残酷、纳粹的残忍,也不像过去那样天真了。现在人人都知道韦斯特博克集中营了。犹太人,还有任何纳粹不喜欢的人,都会被驱赶到那里,等着火车开来,把他们带到更东边的集中营。他们听说了很多故事,好多人都死在那些集中营里。曾经大家都以为,文明人是不可能做出这

样的行为的。现在他们都确信,纳粹可以杀掉任何人,甚至是孩子。

"今天别带她上电车了,让碧翠丝和我一起留在家里吧。"沃斯太太说。

汉斯和拉尔斯考虑再三,讨论了一下,但他们想到:万一他们白天就来抓她呢?一个八十一岁的老太太怎么保护一个小女孩?

"但是把她带上电车显然更危险。"沃斯太太说。

"最危险的地方反而最安全。"汉斯说。

拉尔斯也表示同意。他希望碧翠丝待在他们身边。"她七岁了,但是看上去比实际年龄瘦小。没满六岁的孩子是不用带证件的。"他说。

"再说了,还从来没人找她要过证件呢。纳粹肯定有很多正事要忙吧!"汉斯补充道。嗯,现在他们觉得孩子还是待在他们身边最安全。

碧翠丝戴着雨帽回到厨房。"我准备好啦!"她宣布。

"我们今晚再说。"沃斯太太说。她转身看着碧翠丝,"你要乖乖听话哟。"然后亲了亲孩子的脸颊。碧翠丝微微一笑。汉斯和拉尔斯大吃一惊。两兄弟活了这么久,还从没见过沃斯太太亲过谁呢。

"来,走吧。"汉斯拿起碧翠丝的外套,拉尔斯把蜡笔收好,把那幅独角兽贴在厨房的墙上。上面已经贴了很多幅画了,画着独角兽、狗、马之类的动物,当然还有火车、电车和汽车。还有另外一些画,画的大多都是凶残的吐火恶龙。

汉斯想尽力把餐桌清理一下,但也只不过是把锅碗瓢盆堆在桌子一角罢了。在蜡笔盒子下他发现了一幅画,上面是个男人。他高高瘦瘦的,一头棕发。"这是谁?"汉斯举起那幅画问道。

"爸爸。不过我记不清他到底长什么样了。"碧翠丝说。

"你爸爸为什么戴着十字架?"他问道。

碧翠丝耸耸肩。她不应该说任何过去的事情。不过画画家人的样子总没事吧?

汉斯把这幅爸爸的画像也钉在墙上。当然了,墙上也有汉斯和拉尔斯的画像。汉斯觉得碧翠丝把他画得胖了

些,拉尔斯却保证说,这完全就和真人一模一样。拉尔斯觉得碧翠丝把自己画得太瘦了,汉斯却说:"没有的事,简直跟照片似的。"

"你的手套呢?外面还是挺冷的。"拉尔斯拿起碧翠丝的一本故事书,《大鼓之子》,看手套在不在下面。接着他又挪了下蜡笔盒,在炉子上方晾着的一串湿漉漉的紧身裤、手套和袜子下面看了看。水槽里还有没洗的碗盘,但等到晚上再洗也行。

手套找到了。午饭和书都装好了。汉斯站在门外,抬头看着天空。今天天气很晴朗,但他还是伸手拿了雨伞。

"今天没雨没雪的,汉斯叔叔。"碧翠丝咯咯笑起来。

汉斯和拉尔斯嗅了嗅吹过的风。"我觉得她说得对,拉尔斯。"汉斯说。碧翠丝摘掉雨帽,汉斯和拉尔斯把雨伞和雨靴都放下了。三个人一如既往地离开家,朝六个街区外的电车总站走去。

第十章 我有手套吗

碧翠丝坐在电车上,就在汉斯叔叔身后的座位。她把用纸包好的三明治放在窗边的座位上。一般来说她都会带一个苹果,但今天没有。她的另一边放着拉尔斯叔叔的旧书包,里面被书、铅笔盒和横格纸填得满满的。

碧翠丝会读会写,对天主教的教理也非常熟悉。丽芙是个很棒的老师,她会给碧翠丝读美丽的诗歌,还会偷偷教她英语。德国人不愿意让人们说英语,但碧翠丝知道很多英语单词呢:hat(帽子)、mitten(露指手套)、shoe(鞋

子)、boot(靴子)、glove(手套)、dress(裙子)。

汉斯和拉尔斯每晚都读书给她听。她现在可是个内燃机方面的小专家,还熟知汽车发展史和温室建造法。他们有个宏伟的计划,等仗一打完,就在后花园建一个温室。沃斯太太还教会了碧翠丝织毛衣。

"早上好。"修女向兄弟俩问候,也对碧翠丝点点头。每隔一会儿就有一个常客上车。

"早上好。"碧翠丝回答。

修女颤巍巍地走到她常坐的位子上去。

拉尔斯叔叔在查票收钱,汉斯叔叔开着车走走停停。碧翠丝则一直看着自己最喜欢的那些乘客。有个很好看的阿姨,有点儿上年纪了,偶尔会朝她笑一笑;还有穿着校服的几个女孩子;修女嬷嬷的帽子边缘渐渐没那么白了;还有那个总是坐在她后面的大哥哥,现在也换了一身制服。他再也不穿短裤了,也比以前长高了很多,看上去像个真正的士兵了。今天他带着一个很大的包。有时候碧翠丝会向他微笑,可是他从没回过礼。

这孩子每天都在电车上,好像没有常客觉得奇怪。毕

77

竟自从纳粹入侵以来,一切都那么奇怪。有个一周大概乘三次电车的女人问起过碧翠丝的事。

"她是我们的侄女,一个孤儿。"拉尔斯说。

"小可怜。很多孤儿都流浪街头,无家可归。她还有地方可以住,幸运的小姑娘。"之后再也没人问起过每天都乘电车的碧翠丝。

电车上还有其他人。有时候很挤,碧翠丝不得不缩起身来,紧紧抱着自己的东西。每天最美好的时候,是电车上的人都下车了,只剩下碧翠丝和两个叔叔。汉斯叔叔会开得很慢很慢,碧翠丝则帮拉尔斯叔叔擦黄铜扶手。电车就是她的第二个家。

但今天电车上很挤,过道上都站满了人。大家看上去都是一副怒气冲冲的样子。

"我告诉你,这是真事!我儿媳在医院上班。半夜'特别警察'把他们都带走了——直接从床上拉起来的——所有的犹太人!太可怕了!医生问他们把这些病人带到哪儿去,你知道他们说啥吗?韦斯特博克集中营!"

拉尔斯站在这两个不怎么熟悉的乘客身边,一字一

句都听得清清楚楚。这个女人干吗说这么大声?在公共场合谈论这些可不安全。他瞥了瞥碧翠丝,她也听到了吗?

拉尔斯往电车后面移动。"检票。"他大声说。

一只拿着车票的手伸了出来。那是一只很瘦的手,手指细长。他认出了这只手,就是那个化装成老太太的年轻女人的手。今天她穿着一件肥大的外套,上面有三个扣子,脖子上系着一条丝巾,还戴着厚厚的眼镜。拉尔斯感到一阵轻松。他怀疑这个女人可能属于他们说的"地下党",就是一些勇敢的荷兰人,秘密进行着对抗纳粹的活动。两年了,这个女人一直乘坐这趟电车,拉尔斯时不时地会见到她,而她永远都是化装成老太太的样子。

拉尔斯已经很熟悉他们的"模式"了。伪装的这个女人会先上车,过几站会上来一个男人,偶尔是个女人。男人通常看上去都受了伤,或者生着病。女人会从电车前门下车,男人从后门下车。很快他们就隐没在人群中。也许她是帮这些年轻男女逃往英国,也许是帮他们找医生。不管她是干什么的,看到这个女人依然安然无恙,拉尔斯觉得很高兴。

汉斯猛地踩了一脚刹车,电车突然停住了。他连忙抬头看了看后视镜,确认碧翠丝没事。汉斯叹了口气。这个月已经是第三次了,纳粹士兵又上车了。

每次都一样。两个士兵从电车前门上来,一个站在汉斯身边,另一个走在过道里。

拉尔斯挡在那个伪装的年轻女人面前。要是她动作快,就能在没人注意的情况下从后门下车。

士兵来到拉尔斯面前,把他往一边推,"别挡路!"他吼着。拉尔斯站到一边,转头看了看,女人已经下车了。

一辆有篷子的军用卡车停在电车旁边。

"证件?"站在电车前面的士兵俯身看着碧翠丝,像一只正待捕猎的老鹰。

"碧翠丝……"拉尔斯屏住呼吸,担心地自言自语。

汉斯双手颤抖起来。他的心脏一直有点儿小毛病。但现在,一阵强烈的疼痛贯穿了他的左臂。他赶紧趴在驾驶台上。"拉尔斯,"他嘶嘶叫道,"拉——尔——斯!"

拉尔斯赶快从走廊上的乘客中间挤过去。在离碧翠丝不到一米的地方,他听到一个声音,"她和我一起的,她

是我妹妹。"

汉斯看着后视镜。拉尔斯也停住了脚步,站在一个拎着一袋土豆的大个子女人和一个戴眼镜、看上去脾气很不好的男人之间。

"我把她送去学校,然后去中队报到。今天我就出发去前线了。"那个曾经穿着希特勒青年团短裤,现在穿着纳粹军制服的小伙子站起来,低头看着这个比他矮一截的"战友"。

士兵的头从碧翠丝脸上转回来,看着小伙子。一瞬间的沉默,接着士兵抬起手臂,大喊:"希特勒万岁!"小伙子回了同样的礼,又坐下了。

两个士兵带了六个人下车,包括两个小孩儿。其中没有常客。六个人都没有反抗。拉尔斯看着眼前这一幕。士兵会把他们带去集中营吗?集中营里会发生什么事?这些人仿佛正走向一片迷雾,但没有人从那片迷雾中走出来过,从来没有。

汉斯仍然脸色苍白、面无表情,但呼吸已经渐渐平稳了。他开着车缓缓前进。他的心跳恢复了正常,与电车在轨道上的"咔嗒"声应和着。拉尔斯的脸色也是前所未有的苍白,他定了定神,又开始检票。

碧翠丝拿起书、午餐盒和蜡笔盒,坐到年轻士兵的身边。两人一言不发地坐了两站。

"你要离开阿姆斯特丹了吗?"碧翠丝终于说话了,指着小伙子脚边那个大包。

过了好一会儿。"我是德国人。自从德国人占领了你们的国家,我们就住在这儿了。现在我要去俄国的前线。我父亲是纳粹军人。他觉得去前线参战会让我成为一名男子汉。"小伙子用笨拙的荷兰语说道。

"那里好吗?"碧翠丝满脸天真地问。

小伙子耸耸肩,摇摇头说:"我觉得应该不是个好地方,听说那里很冷。"

又坐了两站,小伙子站起来,拿起那个大包。

碧翠丝伸出手牵了牵他军服的袖口,说道:"Opgehit。"

拉尔斯就站在一米开外的地方。他听到了。汉斯也听到了。她说的是什么?意第绪语吗?汉斯用尽全力控制住

自己的双手。拉尔斯抓住头顶的栏杆。电车靠站了,前后都有乘客站起来准备下车。汉斯看着后视镜。

穿着制服的小伙子向碧翠丝弯下腰。他在干什么?好像在对她耳语。拉尔斯停下脚步。汉斯也静静等待着。两个人都觉得时间仿佛停滞了。年轻的士兵下了车,消失在人群中。

"碧翠丝?"拉尔斯尽量控制住自己颤抖的声音。一群乘客鱼贯而入,他们推搡着走过他身边。碧翠丝抬起头,朝拉尔斯叔叔粲然一笑。汉斯踩了踏板,电车继续前进。

汉斯和拉尔斯都清楚地意识到,碧翠丝不能每天都来坐电车了。不安全。

"怎么了?"沃斯太太飞一般地走进厨房。

丽芙也刚刚赶到。"我收到您的便条了。"她和沃斯太太发明了些交换消息的小办法。如果门缝里塞进来一张小纸条,写着"有多余的土豆",那意思就是"我们得快点找时间见一面"。如果写着"请一定过来喝茶",那意思是

"马上过来"。

"怎么了?"丽芙看着眼前这一张张脸。

碧翠丝坐在餐桌前,双手紧握,眼泪顺着脸颊流下来。"我不是故意犯错的。"她抽泣着。

"嘘,乖乖。跟我讲讲怎么了。"丽芙张开双臂抱住碧翠丝。

"她对一个德国士兵讲了意第绪语。"拉尔斯一边说一边把手放在碧翠丝头上,梳理着她的头发。碧翠丝把头埋在丽芙肩膀上。

"意第绪语!"沃斯太太用手捂住嘴。

"别哭了,碧翠丝。看着我。告诉我,你对他说了什么?"丽芙比较平静,她的声音低低的,很镇定。

"我说的是一位女士曾经对妈妈说过的话,'Opgehit。'"

"什么意思,碧翠丝?"丽芙问道。

"我想意思是'小心'。他说他要去一个很冷的地方,而且他对我很好。"碧翠丝的眼泪又涌了出来。

"那他跟你说了什么?"丽芙问道。

"他说的好像是英语。他说,'Do I got mittens?'①"

沃斯太太、汉斯和拉尔斯都坐直了身子,完全摸不着头脑。

"一个年轻的德国士兵,干吗要说英语?"沃斯太太问道。

"等等,我好像明白了。"丽芙说,"他说的不是英语,应该是德语。碧翠丝,他说的是不是'Gott mit uns'?②"碧翠丝点点头。丽芙松了口气,"他说的是'上帝与我们同在'。"

"碧翠丝,你今天特别走运。听好了,你再也不许说意第绪语了,仗没打完就不许再说。明白了吗?"丽芙说。

碧翠丝点点头,"但是我真的不懂意第绪语啊,我真的不会说!"她又呜呜地哭了起来。

夜里,碧翠丝盖好被子,躺在那张黄铜大床上睡着以

---

① 这是一句语法错误的英文,直译出来是:我有手套吗?
② 和"Do I got mittens?"发音相近。

后,汉斯、拉尔斯、丽芙和沃斯太太坐在楼下,喝着很淡的茶。大家决定了,从现在开始,碧翠丝白天就和沃斯太太待在一起。

"她去上学是最安全的,但是需要身份证明,比如出生证之类的。"丽芙、汉斯和拉尔斯都是这么想的。

"但我们不认识帮得上忙的人哪!"汉斯叹了口气。

"我认识。"拉尔斯说。

第十一章 一家人

拉尔斯慢慢走在电车的过道上,双眼透过车窗看着外面,不断地寻找。今天过得真慢哪,每一分钟都像一个小时那么漫长。啊,她终于出现了!汉斯抬头看着后视镜,眨了眨眼睛。拉尔斯向他点点头。拉尔斯的腿有点儿打战,而汉斯的心都快跳到嗓子眼儿了。

女人上了车,坐在中间靠左的位子上。

"检票。"汉斯低声说。

像往常一样化装成老太太的年轻女人把票递给拉尔

斯。拉尔斯给票打好孔,递了回去。一同递过去的还有个包得紧紧的纸团,里面有钱、一张纸条和一张照片。女人有些吃惊,抬头看着他,但拉尔斯已经转身朝向另一位乘客了。

"检票。"他说。

第二天,女人没有上车,第三天也没有。一周过去了。两兄弟把所有的可能性都想遍了。万一拉尔斯想错了呢?万一她是为纳粹卖命的间谍呢?万一……万一……

两周以后,女人又像往常一样上车了。拉尔斯心跳加速,不断深呼吸。他接过她的票。女人什么也没说,也没有看他。坐了几站以后,她像往常一样下了车。拉尔斯本想叫住她说些什么的,但他能说什么呢?他几乎要被失望和恐惧淹没了,这时却在女人座位木板的缝隙里发现了一个信封。

那天深夜,碧翠丝盖好被子入睡后,汉斯、拉尔斯、丽芙和沃斯太太围坐在桌边,看着信封里那些身份证明文件。她叫"碧翠丝·哥特尔"。一切得到了官方承认,他们是法律意义上的一家人了。现在,碧翠丝可以上学了。

那所小学就在电车的路线上。汉斯和拉尔斯走进教学大楼时,全身瑟瑟发抖,像秋风中的黄叶。但碧翠丝紧紧握住两兄弟的手,告诉他们一切都没问题。

她的老师是吉斯特太太。

汉斯和拉尔斯走出教学大楼时,吉斯特太太对另一位老师说:"她可怜的父母在一次空袭中被炸死了,但有两个舅舅照顾着她,是不是还挺幸运的?"

第十二章 洋娃娃

"好了,碧翠丝,让我们听听。"丽芙鼓励道。她们从教堂回来了,现在坐在沃斯太太家里,喝着淡茶,吃着无糖饼干。碧翠丝当然有特别待遇——橘子汁。

碧翠丝喜欢去教堂。她喜欢蜡烛和香的味道,但她最喜欢的还是牧师戴的帽子,看上去很好笑。一开始她老是被逗得咯咯笑,但现在那帽子却显得熟悉而亲切。拉尔斯叔叔总是给她一些硬币,好去买根蜡烛。他从没问过她那蜡烛是点给谁的,但他知道,肯定是给妈妈的。

THE END OF THE LINE

"来,碧翠丝,你可以的。"丽芙哄着她,声音听起来像温柔的歌唱。

碧翠丝最喜欢和丽芙在一起了。不是说她不爱两个叔叔和沃斯太太,但有时候她可以假装丽芙就是妈妈。她真傻。丽芙个子那么高,一头金发,而妈妈是小个子,黑头发。她们的声音也不一样。可是两个人都很温柔善良,给她的拥抱也一模一样:紧紧地,前后摇一摇,最后在额头上留下一个吻。

碧翠丝从椅子上跳起来,用双手整理好裙子,深吸了一口气,开始背祷告词。

她滔滔不绝,一个错误都没有,一直把这段祷告词背到最后。

大家热烈鼓掌,她行了个礼。汉斯叔叔笑得好灿烂,拉尔斯叔叔眼里却闪着泪光,沃斯太太则对她大加赞赏。

宗教对于汉斯和拉尔斯来说,并没有那么重要,但碧翠丝的安全是至关重要的。如果做个天主教徒能让碧翠丝安然无恙,那她就得做个天主教徒。他们从早到晚都在担心她的安全。

"真是我的好孩子!"丽芙张开双臂,碧翠丝扑了过去。"背得太棒了,亲爱的!"丽芙对着她"咬耳朵"。

"你把她教得真好,丽芙。"沃斯太太像女王一样点头表示肯定,"碧翠丝,请你去厨房罐子里再拿些饼干来。"

碧翠丝因为自己的精彩演出笑得合不拢嘴,她脚步轻快地走向厨房。

"她晚上还哭着想妈妈吗?"沃斯太太盯着汉斯和拉尔斯,那双眼睛仿佛夜间搜寻敌军飞机的探照灯。

汉斯和拉尔斯摇摇头。汉斯倾斜着身子,小声说:"不哭了。但她还是会做噩梦。"拉尔斯点点头。就算睡得再死,碧翠丝的哭喊也能让他们马上醒来,飞奔进她的房间,坐在她床前,耳语道:"嘘,嘘,你很安全。我们爱你。"在一番安抚之下,她会慢慢安睡,第二天一早起来,什么都不记得。

"她还跟你那个硬邦邦的火车睡吗?"沃斯太太说。

"我都用毛巾包起来了。"汉斯有点儿不高兴地说。

"摸起来软和多了。"拉尔斯赶紧打圆场。

"没有那个她还睡不着呢!"汉斯又说了一句。

沃斯太太抿抿嘴，摇摇头。丽芙则哈哈大笑起来。沃斯太太郑重其事地宣布："她需要的是个洋娃娃。"

碧翠丝惊呆了。她站在客厅和厨房之间的门槛边，手里的盘子上放着最后几块饼干。她听到了。洋娃娃？她几乎都不会呼吸了，紧紧闭上了眼。

"碧翠丝，怎么了？你的脸色太苍白了。"丽芙站起来，手里拿着喝空的茶杯。

碧翠丝摇摇头。她仿佛听到了妈妈的叮嘱："跟谁也别说。"

丽芙放下茶杯，向碧翠丝走去，把她带回厨房，两个人可以在那儿安静地说说话。"来，坐下。"她说。"告诉我。"

"是洋娃娃的事……"碧翠丝的声音像只小蚊子。

"你不想要洋娃娃吗？"丽芙温柔而又小心翼翼地问，并试图在孩子脸上寻找答案。

"我以前有个洋娃娃。"碧翠丝说。

"洋娃娃叫什么？"丽芙轻抚着碧翠丝的头发。

"索菲亚。"

"我喜欢这个名字。坐在我旁边,给我讲讲索菲亚。"

"我答应过妈妈……"

"你妈妈是想保证你的安全。那时候你还小,她怕你把事情告诉给不应该告诉的人。但你现在很安全,碧翠丝。我们爱你。这里是你的家。"丽芙把碧翠丝拉到身边,"给我讲讲索菲亚。"

"妈妈和我住在一个顶楼的房间里。有天晚上,楼下有人在敲门,特别重。我们听到邻居在喊着什么。有人喊着'Aufmachen!'妈妈说意思是'开门!'然后还有人在大吼大叫。"碧翠丝闭了嘴,用双手捂住耳朵。

"你是安全的,碧翠丝。然后怎么样了?"丽芙温柔地把碧翠丝的双手拉过来,握在自己手中。

"纳粹要来抓那楼里的所有人。我们一直都很害怕。所以妈妈和我一直都穿着衣服睡觉,每天晚上都是这样。我们还收拾了个小包袱,放在门边。我们听到士兵上楼的声音,他们敲着李弗尔曼一家的门。我们都听到他家的小宝贝哭了。然后士兵敲着每一扇门,大喊'Aufmachen! Aufmachen! Aufmachen!'

"妈妈抓起门边的包袱,打开窗子,爬到安全梯上。她说,'把你的手给我,碧翠丝。'我特别害怕。妈妈抓住我的手,我也爬到安全梯上了。我们紧紧贴着外墙,往下看是一个小巷子。天很黑,但能看到一些士兵,手里拿着大手电筒扫来扫去的。还能看到一些很凶的大狗。我们看到李弗尔曼一家和哥德伯格一家都被押到了卡车上,还有其他人。然后我们听到士兵进屋了,就在我们身后。接着我想起了索菲亚,"碧翠丝哭着说,"我把她忘在屋里了。"

碧翠丝把头靠在丽芙肩膀上。有那么一会儿,丽芙轻轻的摇晃就足以安慰她了。

"来,我们再泡一壶茶。"丽芙边说边吻了吻碧翠丝的额头。

客厅里关于洋娃娃的讨论仍在继续。汉斯和拉尔斯看看彼此,又看看沃斯太太。

"去哪儿买洋娃娃呢?"拉尔斯问道。

"下周六下午,碧翠丝在丽芙那儿上课的时候,你们就去商店给她买一个。"沃斯太太还是保持着一贯的权威性。

汉斯和拉尔斯点点头。过去这一年,他们学了不少新东西,比如怎么梳辫子(拉尔斯已经是一把好手了,虽然试了很多次才把两边的辫子梳得一样高),怎么改裙子、辅导作业、见老师。他们去学校参加孩子们的朗诵会,和家长一起举行茶会,冬天陪着孩子一起在运河上滑冰(汉斯摔倒了),夏天去骑自行车(拉尔斯从车上掉了下来)。现在,他们要去买洋娃娃了。事实上,他们在想,为什么没早点儿想到这事呢。

第十三章 礼物

周六早上，拉尔斯给碧翠丝梳好头发。汉斯帮她熨好那条已经穿得很旧的小裙子。

碧翠丝穿好衣服，吃完早饭，汉斯拿出她冬天穿的大衣，帮她穿好。她头上戴的大红色的帽子，是汉斯在市场上买的，而那副漂亮的红手套则是沃斯太太织的。接着，汉斯和拉尔斯看着她往丽芙家走去。

碧翠丝朝住在三号房的范伊戈尔先生挥挥手。不过范伊戈尔先生很不友好地笑了一下，转过身去。她又对六号房的杰森斯密特太太挥挥手,而这位太太拉着儿子皮尔特的手,把他拖进屋里。在家门关上的最后一刻,皮尔特也朝碧翠丝挥了挥手,接着就消失在屋里了。

"你来啦!"丽芙敞开家门,给了碧翠丝一个大大的拥抱,"我在客厅里给你准备了个惊喜,厨房里还有好吃的。你想先看哪个?"

碧翠丝咯咯笑起来,但她根本不用选。因为越过丽芙的肩头,她已经看到沙发上摆着一条世界上最美的裙子:高高的蕾丝领子,微微鼓起的泡泡袖,打着褶皱的裙摆,竟然还有腰带!

"是给我的吗?"碧翠丝踮着脚朝裙子走去,仿佛稍微大一点儿的声音都会把这美梦打破。

"我以前给自己和姐妹们做过衣服。你看这个领口,叫'波比特领'。还有肩膀上这个泡泡袖,可以让你的腰显得很细,当然你的腰本来就很细了!我那些姐妹可喜欢赶时髦了。你要不要穿穿看?"

碧翠丝鸡啄米似的点着头,连辫子都跳跃起来。她把大衣挂在一个专门为她的身高量身定做的挂钩上,接着

脱掉身上那条旧裙子。她身上只穿着内裤和内衣,站在屋子中间。

"举起手。"丽芙把裙子从碧翠丝的头上套了下去,"哦,天哪,腰上太大了,也太长了。不过很好改,两边都可以收一下。你可真瘦啊,孩子!"丽芙说,"腰带是绸子的,我染成蓝色了。这裙子是用我的婚纱改的。"

"你的婚纱?"碧翠丝惊讶地用手捂住嘴。

"我的旧婚纱能变成这么漂亮的新裙子,真是太棒了。你看,我把绸花也缝到腰带上了,看到没?现在,我就把腰收一收,裙摆就更大了。你真像个小公主!"

"这是世界上最漂亮的裙子!"碧翠丝不断地转着圈,然后停了下来。她看到丽芙眼中闪着泪光。"怎么了?"碧翠丝屏住呼吸。以前妈妈一哭,坏事就来了。

"没什么,我想起我的小妹妹了。看着你就让我想起她。"丽芙从袖子里抽出一条手帕,擦擦眼角。

"她现在在哪儿?"碧翠丝问道。

"战争一开始,我的姐妹就都死了。"丽芙顿了顿,好像要振作精神。

"你的姐妹叫什么名字?"碧翠丝问道。

"玛戈特和丽兹。"丽芙说。

"你想她们,就像我想妈妈。"碧翠丝把头靠在丽芙肩上。

"是的,每一天都在想。"丽芙亲亲碧翠丝的头顶,"我们就别伤心了。我帮你把裙子脱掉吧,别被别针戳到了。然后你去看看有什么好吃的。"丽芙站起来,舒展了一下肩膀。

"别,我能再穿一小会儿吗?就一小会儿。我会很小心的。"

"当然可以。这是你的裙子了。你只要再耐心等等,我很快就能把它改好了。"

碧翠丝张开双臂抱住丽芙的腰,"很遗憾你的姐妹不在了。我爱你。"

"我亲爱的小乖乖,我也爱你。来,来吃好吃的。为了做这个,我把所有配给给我的糖都用上了。"丽芙带着她来到厨房。

哇!就在那儿,在厨房的餐桌上,有一个蛋糕!那可不

是普通的蛋糕,是个年轮蛋糕!

"这是圣诞年轮蛋糕。"丽芙拍着手,笑起来。

碧翠丝点点头。"妈妈以前给爸爸做过。"她低语道。

"你的爸爸?"丽芙的笑容消失了。她一动不动地站着,盯着碧翠丝。

"爸爸是基督教徒。"碧翠丝说。小时候一家人还在一起时,她都不知道"基督教徒"到底是什么意思。但她知道爸爸会过圣·尼古拉斯节①,那真是一年中最美好的日子,因为人人都有礼物。

"基督教徒?"丽芙很难把这个词完整地说出来。

碧翠丝点点头。她的目光离不开蛋糕了。那蛋糕圆圆的,中间有个洞,撒着白色的糖粉。哦,她可真想切一块下来吃呀。

"碧翠丝,你爸爸怎么了?"丽芙温柔地问道。

"我不记得了。但妈妈说,纳粹把他带走了。然后妈妈

---

①欧洲传统的基督教节日,有的国家是12月5日,有的国家是12月6日。传说每年的这一天,好心的老人圣·尼古拉斯都会给孩子们带来糖果和小礼物。

收到一封信,说他永远也不会回来了。他们说他是'共勤党'。"

"共产党?"

"啊,对。"碧翠丝点点头,"妈妈说他是个热爱祖国的好人,但现在我都不怎么记得起来了。"

"你跟汉斯和拉尔斯叔叔说过这件事吗?"丽芙的声音仍然有些颤抖。

"妈妈说我不能跟任何人说起我们过去的事情。我答应过她的。"

"碧翠丝,你必须相信我。你的爷爷奶奶呢?他们住在哪里?如果他们是基督教徒,说不定能帮你。"丽芙还是很震惊,她一屁股坐在旁边的椅子上,把碧翠丝拉到身边。

碧翠丝摇摇头,一开始慢慢地,后来像个拨浪鼓似的。她眼里满含着泪水。

丽芙的声音温柔极了:"嘘,好好想想再告诉我。你还记得什么?"

碧翠丝捂住耳朵。新裙子和大蛋糕带来的欢乐一瞬间都消失了。

丽芙温柔地拉开碧翠丝的手，握在自己手里，"请你告诉我。"

"我们去了爷爷奶奶家。天黑了，我走得好累。我看到他们的房子了。我以前去过的，是和爸爸一起。

"妈妈来到爷爷家的后门，敲了门。一只狗叫起来，我们很害怕。我想让爷爷快开门。我一直想着，爷爷，快开门，爷爷，快开门。然后他开门了，我很高兴。但爷爷一点儿也不高兴。他很凶，鼻子里快要喷出火了。然后他吼起来，但声音不大，周围的人都听不到。他说，'快滚。你让我们都没活路了。滚！'

"我藏在妈妈身后，看到奶奶藏在爷爷身后。她在哭，还拉他的衣角。她说，'约翰内斯，别这样，让她们进来吧。'

"妈妈也在哭。她都跪下了。我想把她拉起来。我跟她说她会把衣服弄脏的。妈妈说，'请收留碧翠丝吧！我走就是了。让她安全地活下来。她是你们的孙女呀。'我想告诉妈妈我可不想和一条喷火龙待在一起。我一直说，'起来，妈妈，起来啊。'然后门就关上了。"碧翠丝把头埋在丽芙肩上,"他们不要我。"

丽芙紧紧抱住她,"我要你。汉斯和拉尔斯叔叔要你。沃斯太太也要你。我们爱你,碧翠丝。我们都爱你。"

第十四章　蜂窝百货商场

汉斯和拉尔斯站在水坝广场①的蜂窝百货商场前。这是整个阿姆斯特丹最好的商场。光是规模就够让他俩吃惊的了：六层楼高，七个街区那么长。他们觉得蜂窝商场真是名副其实，周围人来人往的，真像忙碌的蜜蜂。

两兄弟站在一楼的奢侈品区，不知道何去何从。虽然是战时，商场里的商品仍旧是琳琅满目，他们有点儿看不

---

①荷兰首都阿姆斯特丹的著名广场。

过来了。在阿姆斯特丹住了大半辈子,他俩还从没来过这个著名的百货商场。毕竟,妈妈活着的时候,总是把一切都给他们准备得妥妥当当。现在战火纷飞,他们也已经习惯了利用已有的和市场里能买到的东西将就过活。

"这里连一个德国士兵都看不到。"汉斯低语道。

"因为业主是犹太人,这个百货商场是'涉犹'的。"拉尔斯也低语道。就算纳粹拼尽全力,也没能关闭这个位于市中心、广受大家欢迎的百货商场。

"有什么能帮您的吗?"一名售货员问道。拉尔斯吓了一跳。

做哥哥的汉斯先开了头,"我们是来买洋娃娃的。"

"哦,玩具区。电梯往前直走。电梯操作员会告诉你们的。"

他们坐着电梯一层层往上升,很快就到了一个"洋娃娃的世界"。有金发洋娃娃,穿着传统的荷兰服装,系着白围裙,戴着白帽子;有会走路的洋娃娃;还有穿着打褶灯笼裤和漂亮裙子的洋娃娃。但没有一个看上去特别适合碧翠丝的。汉斯和拉尔斯犹豫不决。

"有什么能帮您的吗?"又一名售货员走上前来。

"有的。"拉尔斯说。

"没有。"汉斯说。

两人都尴尬地沉默了一会儿。

"有的。"汉斯说。

"没有。"拉尔斯说。

又是一阵短暂的沉默。接着,拉尔斯开口了:"我们想买个洋娃娃。"

"嗯,我们想买个洋娃娃。"汉斯也说。

一阵沉默。

"不是给我们自己买的。"拉尔斯补充一句。

"是给我们的侄女。我们想给她个惊喜。"汉斯说。

"她是个什么样的孩子?"售货员问道。

"她有这么高。"汉斯把手抬到自己胸前。

"还有一头棕色的长发。"拉尔斯补充说。

一阵沉默。

"她多大了?"售货员问道。

"七岁。"汉斯说。

"快八岁了。"拉尔斯补充道。

一阵沉默。

"睡觉的时候会哭吗?"售货员问道。

两个男人不约而同地叫起来:"会!"声音太大,把好几个路过的顾客都吓着了。

"嗯,打仗嘛……她需要一个能让她安心的洋娃娃。这个比较适合你们的侄女。"售货员选了一个娃娃,它有浅棕色的头发,棕色的眼睛,穿着粉色的裙子。

是呀,碧翠丝一定会喜欢这个娃娃的。他们确信。

"有点儿贵,要十荷兰盾。"售货员说。

他们从没在任何一件东西上花过这么多钱,但两个人都坚定地点点头。

汉斯递给售货员一张十荷兰盾的钞票。售货员神气十足地用牛皮纸把娃娃包好,用绳子绑上,递给汉斯。

他们还给碧翠丝买了四条发带。刚要坐上电梯,他们又看到一件童装睡衣。要不要买呢?睡衣的领子和袖口上都有一圈刺绣,这是汉斯见过的最漂亮的东西了。

嗯,要买。

第十五章 丽芙

两个老头子沿着人行道走着,步子轻快得快要跳起来了。这是他们一生中最开心的购物日了。汉斯还很高兴地发现,今天一点儿下雨的迹象都没有。

汉斯抱着洋娃娃的包裹,而拉尔斯则拿着装了发带和睡衣的包裹。包裹里还有两条刺绣手帕,一条给沃斯太太,一条给丽芙。

"小心!"汉斯把弟弟拉到路边。

一辆奔驰车从他们身边呼啸而过。这种车很贵,开车的一般都是纳粹军官。后面紧跟着一辆有灰绿色帆布车篷的军用卡车。两辆车都从他们住的那条路上开出来。

汉斯和拉尔斯站在巷子口。突然,沃斯太太猛地推开房门,跌跌撞撞地走出来。"汉斯,拉尔斯,她们被带走了!"她面如死灰。

两个男人同时看向鹅卵石路的尽头。即使在这么远的地方,他俩也能看到丽芙家的前门敞开着。

"碧翠丝!"拉尔斯大喊起来。他一下子就从沃斯太太身边跑了过去。拉尔斯手长脚长,但汉斯也跑得很快。洋娃娃、睡衣、发带和手帕都从他们手中滑落了。

"汉斯,拉尔斯,等等!"沃斯太太蹒跚地走着,一只手压着酸痛的腰臀。她尽全力赶上兄弟俩。

汉斯和拉尔斯同时跑到丽芙家门口,冲进房里。

"碧翠丝?"拉尔斯大喊。

"碧翠丝?"汉斯也喊起来,接着又喊道,"丽芙,丽芙!"没人回答。

拉尔斯一步两级地爬上台阶。汉斯在客厅里仔细寻找一番,又跑进厨房。"碧翠丝!"他大喊。他拧了拧通向

后花园的门把手,门被锁住了。

房子里没人。碧翠丝和丽芙不见了。一块蛋糕摊在地上,被摔得稀巴烂。

拉尔斯跌坐在台阶上,身子前倾,双手抱头。"不,不,不,求求你了,老天。"他低语着,"求求你。"

汉斯靠着门框跌坐在地上。他看着碧翠丝掉在地上的小红帽,发出低声的抽泣。他伸手捡起帽子,紧紧抱着,把头埋在里面。从小到大他都没哭过,现在却怎么也忍不住自己的眼泪。

沃斯太太站在家门口。"一切都发生得太快了。那辆可怕的汽车,然后是卡车……我来了……我来了……结果那些士兵说我是个多管闲事的老太婆……"沃斯太太用手捂着胸口,喘着粗气。这时兄弟俩才注意到沃斯太太的裙子很脏,手臂上也有一道道擦伤。鲜血从她的膝盖上流下来,流到了鞋子上。她脸上也挂了彩。

"他们打您了?"拉尔斯从刚才的情绪中稍稍缓过来一点儿。

沃斯太太摇摇头,"他们把我推倒了。我没事。"

"他们想干什么？"汉斯问道。

"可能有人告密了。不过我想他们是来抓丽芙的。她之前说过，她丈夫在做'关于战争的工作'。我应该多问问的。我不应该让碧翠丝待在这儿。"沃斯太太声音颤抖，努力深吸了一口气。她抓住门框，艰难地走进屋里，跌坐在一把椅子上，用布满瘀青的双手蒙住脸。

"这不是您的错，是战争的错。没有什么地方是安全的。"汉斯轻声说。他脑子里掠过各种各样的念头：他们会把一个孩子带到哪儿去？他能向哪儿求助？他能说些什么？他能想起的就是韦斯特博克，那个集中营。

"我应该再多打听打听丽芙的过去，问问她丈夫的事情，我应该……"沃斯太太不停地抽泣。

"她又能说什么呢？"拉尔斯摇摇头。现在没有人再问别人很私人的问题了。说太多和知道太多都是很危险的。"丽芙绝不会让碧翠丝有危险的。但如果他们想抓的是丽芙，那为什么把碧翠丝也带走了？"拉尔斯用手抹了下脸，手变得湿湿的。他的脸上全是泪。

沃斯太太摇摇头。

"你看到他们带走碧翠丝了吗?"汉斯低声问。他蜷缩在角落里,全身的力气好像都溜走了,腿也直不起来了。

"没有。卡车——就在那儿,"她指着路边,"那辆可怕的卡车——挡住了。我看到了丽芙的一头金发,但我没看到碧翠丝。"沃斯太太摇摇头。

"你没看到他们把她带走?"拉尔斯站起来。

"没有。我刚跟你说了,卡车……"

有没有可能……拉尔斯又快速跑上楼梯,去检查衣柜里和床底下。

汉斯也跳了起来,踢开厨房的后门,跑到小花园里。他去室外厕所看了一眼,又往小棚屋里看。"碧翠丝,你在里面吗?"他打开小煤仓,"碧翠丝,出来。"他看着花园的后门。"拉尔斯,门……门开着!"汉斯大喊起来。他才不在乎别人会不会听见呢。现在一切都不重要了。

汉斯飞奔出门,跑到屋后的小路上。他经过六号和四号两栋房子,来到自家的后门。"碧翠丝?"他大喊。

接着,汉斯听到几声小猫一样的抽泣。他停下脚步。声音是从垃圾箱后面传出来的。汉斯的身体里仿佛灌注了前所未有的力量,他抬起两个巨大的垃圾箱,扔到一边,仿佛它们只有羽毛那么轻。碧翠丝就在那儿,蜷缩成一个小球。

"乖孩子,乖孩子……"汉斯松了口气,觉得自己马上就要哭了。他伸出手把她拉起来,紧紧抱着她。

"他们把她带走了,汉斯叔叔。我们听到卡车的声音。她让我快跑,然后把我推出后门,并把房门紧紧锁上了。"碧翠丝上气不接下气地说,"他们把她带走了。他们把丽芙带走了。他们把我妈妈也带走了。为什么?为什么?我要妈妈!"碧翠丝抬起小拳头,敲打着汉斯叔叔的胸膛。

她打得越用力,他就把她抱得越紧。"我找到你了。我们爱你。我找到你了。我们爱你。"他一遍又一遍地在她耳边低语。

很快,拉尔斯叔叔长长的手臂环住了他们俩。沃斯太太也抱住了他们。三个人的脸上老泪纵横。

"我的裙子弄脏了。"碧翠丝疲惫地靠在拉尔斯叔叔身上休息,"这是丽芙给我做的。"

"丽芙,丽芙已经不在这儿了……"沃斯太太抽泣着。

第十六章　微薄之力

沃斯太太、汉斯和拉尔斯在微弱的火光前围坐成一个半圆,每人都捧着一杯茶,不过实际上只是表面漂着几片茶叶的热水。碧翠丝坐在她破地毯上的"专属位子"上。大家都穿着外套。

他们很少讨论丽芙可能会去哪儿。沃斯太太往盖世太保总部去了很多趟,想打听点消息。第五次去的时候,一个在那儿工作的荷兰小伙子走了过来,"别再来了,你朋友被送到东边去了。"他可能是"通敌者",背叛了自己的国家,为纳粹卖命,但也说不定是荷兰秘密地下党。但如果丽芙真的被"送到东边去了",那就意味着她被送进了集中营。

碧翠丝长高了不少,很多衣服都穿不下了,不管汉斯怎么改都没办法了。丽芙做的那条特别漂亮的裙子一直挂在衣橱里。她每天都会看看、摸摸,有时候还会抱抱它。但她不会穿的,那太令她痛苦了。

很难找到合适的衣服,还有靴子。拉尔斯在阁楼上发现了一条男孩穿的灯芯绒裤子。汉斯把它改成适合碧翠丝的长度,再扣上个皮带和一对旧背带,也差不多能穿了。沃斯太太拆了一条羊毛毯,给碧翠丝织了件毛衣。汉斯把一个自行车旧轮胎上的橡胶剪下来,补好碧翠丝穿破的靴子。他们全力硬撑着。冬天很冷,虽然现在薪水都不怎么发了,汉斯和拉尔斯还是一天也没缺勤过。薪水变少,还要养活一个正在疯长的孩子,真是很难。但大家的情况都一样。人人都为了活着拼尽全力。

路上的私家车越来越少,因为汽油也要定额分配了。现在开私家车的主要是纳粹和通敌的荷兰人。

阿姆斯特丹人人都很紧张。汉斯说,只要看一眼迎面汽车里司机的表情和路边行人走路的样子,他就能准确知道纳粹是不是要来了:迎面来的司机和行人,脸是不是煞白?他们的手是不是抓紧了方向盘或者紧握着自己的行李?行人走得快不快?他们是不是低着头,好像迎着狂风在走似的?

兄弟俩已经有了心照不宣的默契。如果汉斯觉得纳粹要上车来检查了,他就会在到站之前停车,下车,双手搭在腰臀上,检查轨道的状况。支撑铁轨的枕木经常被偷,所以没人会觉得奇怪。电车司机嘛,检查一下轨道怎么了!有人把枕木拿回家扔进壁炉当柴烧,能烧一个多小时呢!又有谁能责怪偷枕木的人呢?大家都很冷啊。

汉斯站在电车前,弯腰看着轨道。拉尔斯会打开后门,对乘客说:"时间延迟了。谁想走路的,现在就该下车了。"过去这一年来,"现在就该下车了"已经成为一句暗号,意思是"赶快下车,前面有危险"。

汉斯和拉尔斯用自己不起眼儿的方式尽着微薄之力,反抗着纳粹。

第十七章 饥饿之冬

1944年

阿姆斯特丹 "饥饿之冬"①

这年冬天,发生了一场铁路工人罢工。流亡到英国伦敦的荷兰政府让铁路工人们都藏起来,不干活儿。没人开火车了。他们希望这样能减慢德国军队的食物和军需品运输。这样,已经解放了荷兰南部的同盟国军队就能够进

---

①1944年冬天,为报复荷兰的铁路罢工,德军对食品和物资实行禁运,造成荷兰西部大规模饥荒。

入荷兰的纳粹占领区了。但德国人为了报复,封锁了占领区农场向城市平民的食物运输线。钱也没用了。阿姆斯特丹的人们出再多钱也买不到吃的。

接着,十月份,城里的电车也停运了,因为煤不够烧了。自打成年以来,汉斯和拉尔斯第一次没有去上班。

碧翠丝拉了张椅子到窗边,拉开厚厚的窗帘,把小脸贴在窗户上。呼气在窗户上形成一团团白雾。她在白雾上画着一张张脸庞:汉斯、拉尔斯、沃斯太太、丽芙、妈妈。如果能记得爸爸的样子,她也会画的。

六点了,离宵禁还有两个小时。今天天刚亮,拉尔斯叔叔就骑着他那辆旧自行车出发了,车篮子里放着两块毯子、两副手套和三顶新织好的羊毛帽子。羊毛帽子的材料来自一件旧毛衣,毛线是碧翠丝帮着沃斯太太小心拆下来的。拉尔斯叔叔是要骑车去乡下,他想看看这些毯子和羊毛制品能不能换些吃的,比如黄油、面包,或者一块肥皂也行。找到食物很难,不过回来的路上要躲开那些纳粹更难。不管是行人还是骑车人,纳粹士兵都要拦下来看他们的证件。然后那些士兵就会把食物抢走,有时候连自行车也不给留。

碧翠丝整张脸都压在玻璃上,看着街角。他在哪儿呢?她用力闭上眼睛,数到十,接着又睁开。求你了,求你了,求你了,拉尔斯叔叔,快出现吧。

"碧翠丝,快别趴在窗户那儿了。"天气已经转冷很久了,沃斯太太正坐在煤炉边,在黑暗中摸索着织东西。她的手指都肿起来了,每织一下仿佛都要花掉整整一分钟。

"担心是没用的,乖。"沃斯太太说,"往返一趟要很长时间。你知道的,他自行车轮胎上的橡胶都破了。"沃斯太太的语气很温柔,但她的眼皮也止不住地跳,嘴唇紧紧地抿在一起。显然她也很担心。自从她把房门一关,搬过来和他们住在一起后,沃斯太太就变得更安静,更温柔了。碧翠丝可不喜欢这样。她希望过去那个喜欢指手画脚的沃斯太太赶紧回来。不过住在一起是个很棒的主意,他们能够节省燃料,仅有的一点儿食物(要么是买的,要么是用东西换的,甚至还有从垃圾堆里拣来的)也是大家一起分享。

汉斯和拉尔斯在客厅里搭了四张行军床,绕着一盏

油灯围成一圈。油用完了,他们就用沃斯太太婚礼用过的蜡烛;蜡烛烧完了,拉尔斯就把棚屋里的旧家具劈成木片,塞进壁炉生火。最后,就连棚屋也被拆了,化为一缕青烟。全城的人们都冻得发抖。各个公园里的树都被砍光了。如果家里没人看着,那这家的门、百叶窗和其他木质品也铁定会被拆走。

"你要是把窗帘拉上,我就读书给你听。我还有一根蜡烛。"沃斯太太说,她在自家的阁楼上发现了一些旧书,大多数都是民间故事,"我们可以读《圣·尼古拉斯和黑彼得的故事》。你想想,12月5日,圣·尼古拉斯和黑彼得会带礼物来呢!也许今年他会给你带些好吃的!"

碧翠丝点点头。但她唯一想要的礼物,就是拉尔斯叔叔马上回家。碧翠丝刚刚伸手去拿书,就看到拉尔斯叔叔的身影从窗外闪过。

"他回来了!"她欢快地跳下椅子。

"小心哪!别摔着了。"沃斯太太赶紧叮嘱。

汉斯几乎是同时从楼梯上跑下来。

"他回来了!他回来了!"碧翠丝飞奔过去打开门。"你回来了！"她喊道。

拉尔斯把自行车斜靠在栅栏上，张开双臂。

"他们都担心死了，不过我没有。我知道你会没事的。"碧翠丝把小脸埋进拉尔斯叔叔的大衣领子。

"怎么了？你哭了？"拉尔斯抬起碧翠丝的下巴，看着她泪汪汪的眼睛。

"没有，我没哭。我是大姑娘了，不会哭了。还有，我跟你说过，我没担心的。"

"对，你刚才说过了。是我说错了。"拉尔斯亲了亲她的额头。

沃斯太太也加入了欢迎会，"快来，乖孩子，让拉尔斯叔叔先进来。窗帘还开着呢。我们可不想惹麻烦。"

拉尔斯看上去很累，他把自行车推进房里。

他真的很累。这些日子他常常出去找吃的，骑个三十公里，只带回来两个土豆和几个郁金香球茎，也算是家常便饭。不过，今天他却是满载而归。

"太好了，太好了，士兵没有把你拦下。"汉斯把手伸进车篮子。

"小心点,汉斯。里面有三个鸡蛋,用布包着呢。"拉尔斯说。

"三个鸡蛋!"碧翠丝欢呼起来,继而压低声音,说了句,"谢谢您,圣·尼古拉斯。"

还有两个土豆、一小块黄油、一条面包和一个洋葱。这个月他们吃的食物加起来也没这么多。

汉斯把手伸到车篮子的底部,拿出来一块木头。他把木头在手里翻转了一下,接着看着弟弟。有那么一会儿大家一阵沉默,谁都知道这木头是打哪儿来的:电车轨道。没有木头,电车就不能运行,不过现在连给电车提供燃料的煤都没有了,而这块木头却能帮他们生火取暖。汉斯把满满的收获都抱在怀里,拿到厨房去了。

"你看到什么了吗?有没有什么新闻?"碧翠丝又欢快起来,像只小狗似的围着拉尔斯跳来跳去。

"我得先坐下来。"拉尔斯的声音很低沉。他还没脱下身上那件旧大衣,羊毛帽子也被推到了脑袋后面。他顾不了那么多,一屁股坐下了。

汉斯回来的时候,手里拿着一杯加了牛奶的莴苣咖啡,那是一种代咖啡,递给弟弟。"给我们讲讲。"他说。

"我去了你外甥的农场。"拉尔斯朝沃斯太太点点头,沃斯太太回他一个微笑。那个农场是她姐姐的儿子开的。过去几个月来,农场的人一直在慷慨地分发食物。"他们有收音机,我听了英国广播电台和荷兰广播电台。"拉尔斯说。三个人都倒吸了一口凉气。听英国的新闻可不是人人都敢做的事情。"荷兰组建了一支新军队。"他说。

"他们会解放我们吗?"碧翠丝坐在椅子的扶手上,把头靠在拉尔斯叔叔的肩膀上。

"会的,他们会和盟军一起来,你会看到的。一切都会好起来的。"

"你的手都冻裂了,拉尔斯叔叔。"碧翠丝用自己的小手握住拉尔斯的大手。

"我没事,好孩子。"拉尔斯笑了。此时此刻,他很高兴,也很满足。这种感觉既不常见,他知道也不会持续太久。

"拉尔斯,外面的情况怎么样?"沃斯太太斜过身子。她都几个月没出过门了,她消耗不起那个体力。

拉尔斯摇摇头,看着碧翠丝。他当然不会告诉她,街上有很多人在乞讨,还有人饿死,孩子也不例外。他从来都不相信,竟然会在阿姆斯特丹的大街上看到因为饥饿而垂死的人。荷兰的各个农场生产的那些少得可怜的食物都被纳粹抢走了,被送到德国去了。而拉尔斯这个老好人,感到了前所未有的愤怒和痛恨。

"很多荷兰的青壮年都藏起来了。"他说。

"为什么呢,拉尔斯叔叔?他们也是犹太人吗?"碧翠丝问道。

拉尔斯低头看着自己脚上破破烂烂的鞋子。该怎么说呢?"纳粹在抓十六岁到四十五岁的男人,把他们送到东边德国的工厂里干活儿。他们的人手不够了,就像上一次战争一样。"

吃了有炒蛋和一片面包的"大餐"后,黑暗中的客厅里,四个人躺在很不舒服的行军床上,听着盟军的飞机从头顶飞过,飞往德国。

"这是一架兰卡斯特。"碧翠丝小声说。现在空袭已经成了家常便饭,有时候一周多达三四次,大家都学会了辨认每种飞机发出的声音。一开始是英国的布伦海姆轰炸机,它比较轻,飞得慢,经常被德军的高射炮打下来。德国的梅塞施米特式战斗机声音像尖叫,英国的兰卡斯特轰炸机声音像黄蜂,而德国的高射炮则是"嗒嗒嗒"的。不过,从天上被打下来的飞机,不管什么型号,落下来的时候总是发出吹口哨儿一般空洞的声音,最后是一声闷响。

一枚炸弹落在附近,整个大地都颤抖起来。天花板上掉下一些石膏碎片。

"拉尔斯叔叔?"碧翠丝边喊边从小床上坐起来。这种情形已经发生过很多次了,但她还是难以呼吸,忍不住喊出声来。他们是应该在门边站着,还是去桌子下面躲起来呢?

"没事的,好孩子。你看哪,一会儿就没事了。"

最后,他们终于听到了解除警报的哨声。

"同盟国那些士兵为什么不过莱茵河和马斯河?"碧翠丝问。几个月前,荷兰南部就被解放了,但盟军迟迟没

能占领一座关键的大桥,所以很难继续北上。拉尔斯悲伤地摇摇头。如果盟军不赶快打赢这场仗,他们全都会饿死。

碧翠丝、拉尔斯和沃斯太太围坐在餐桌前,汉斯则在炉灶前忙活。昨天晚上他剥了三个郁金香球茎,去掉有毒的芯,然后放了一夜让它们自然风干。现在他在烤这些球茎。

饥饿让所有人喉咙发涩,难以吞咽。他们安静地坐在餐桌前,等着汉斯端上烤郁金香球茎。汉斯把球茎捣成泥,然后用水和匀,又加了家里仅剩的一勺盐。他往每个人的盘子里舀了一勺。就算精心烤过,球茎吃起来也很难下咽,好像在嚼一团木屑。

"尝尝,碧翠丝。"拉尔斯哄着她。

碧翠丝点点头。有时候她连坐直身子都很困难,总是想睡觉。

"就着热水吃下去,碧翠丝。"沃斯太太把烧开的水倒进一个杯子。茶叶早就没了,连难喝的代咖啡都没有了。

突然响起了一阵激烈的敲门声,门外的人敲得很用力,连天花板都在震动。

"纳粹!碧翠丝,快躲起来!"几近失聪的沃斯太太大喊起来。

"不,仔细听听。"拉尔斯说。四个人一动不动地坐着,听着街上人们的大吼大叫:"加拿大人来了!"

"什么声音?"沃斯太太说。

"加拿大人?我听到的是加拿大人。"汉斯说。

四个人蹑手蹑脚地穿过厨房和门厅,来到门边。

"回去,碧翠丝!"沃斯太太喊着,"等等,汉斯,别开门。看看窗外,说不定是在骗我们!"太晚了,房门已经大开。

汉斯、拉尔斯、沃斯太太和碧翠丝从小房子里慢慢走出来,站在花园的门后面。时间是1945年5月5日。仗已经打了五年。可能吗?解放了?沃斯太太伸手把碧翠丝拉到身边。

"快看哪,汉斯叔叔!"碧翠丝指着很多个屋顶上飞扬的旗子,那是荷兰的红白蓝三色旗。

"结束了。"碧翠丝说,她又小声对自己说,"妈妈,回

家吧。我在这儿呢。"

"在这儿等着!"拉尔斯喊了一声。接着,他像个活力无限的小伙子一样冲回家里,冲上楼,回来的时候手里拿着一面卷起来的国旗。

"把梯子拿过来,我们去屋顶上挂国旗!"拉尔斯继续喊着。

汉斯罕见地咯咯笑起来,"梯子?什么梯子?"几个月前梯子就被劈掉当柴烧了。"我们就把旗子钉在门上好了。"他说。

汉斯钻进屋里,翻出来一把椅子,一把小锤子和几颗钉子。拉尔斯站在椅子上。

"小心点,拉尔斯,别摔着了!"沃斯太太喊着。虽然又累又饿,该说的话她还是要说,该唠叨的照样唠叨。

"沃斯太太,纳粹没抓住我们,饥饿也没杀死我们,我想我弟弟能平安地爬上那把椅子的。"汉斯已经大笑起来了。上一次在家里听到大笑声,是什么时候的事呢?

"听啊!"碧翠丝说。小巷那边的街道上传来了欢呼声,坦克、摩托和各种各样的车子轰鸣着,声音越来越大。

"我们去看看!"碧翠丝拉了拉汉斯的手。

"等等,等等!"沃斯太太飞奔回房里,去换自己最好的衣服。

碧翠丝低头看着自己旧旧的男式灯芯绒裤子。如果……她想起丽芙做的那条裙子。还穿得下吗?她长高了一些,但和阿姆斯特丹的所有人一样,很瘦。碧翠丝飞奔到楼上,把裙子从壁橱里拿出来,从头上套下,系上腰带。丽芙这条没来得及改好的裙子,现在已经完全合身了。

"你看上去真像个公主,亲爱的。"汉斯叔叔看着碧翠丝下楼,禁不住赞叹。

"丽芙也是这么说的。"碧翠丝拉起美丽的裙摆,把喉头那强烈的哽咽生生咽了回去。

"啊!"沃斯太太出现的时候,三个人只发得出这样的感叹。先说一句,沃斯太太比过去瘦小了。她最好的裙子是粉色的,已经有点儿旧了,而且现在整整大了两个号。但她看上去是那么开心,一瞬间年轻了好几岁,仿佛这条裙子给她施了什么魔法一样。

"您可真美。"汉斯示意沃斯太太挽着他的手臂。

他们走上小巷尽头的街道:这么多人都是从哪儿冒出来的呀?简直是一场盛大的游行!街上全是士兵,有的走着,有的开着坦克、卡车和吉普车。人们(大多数是年轻女人和小男孩)爬到坦克上,欢呼着,挥着手。甚至还有人在打鼓,有人在用走调的乐器演奏狂欢的音乐。士兵们的枪随意垂在肩上,他们也挥着手,露出灿烂的笑容。他们把一个个包裹扔到人群中,包裹里有巧克力棒,还有香烟。年轻的女人们跑到街上,把鲜花塞进士兵们的外套。

"他们就是加拿大人吗?"碧翠丝问道。

"是的。"拉尔斯说。

碧翠丝站在两个叔叔中间。他们紧紧握着她的手。现在仍然很危险。

碧翠丝拉拉汉斯叔叔的袖子,他弯下腰。她踮起脚,低语着:"这些士兵个子大得像巨人,他们的牙齿也好大、好白。"

话音刚落,就有一个"巨人"径直朝他们走过来。他很高大,是碧翠丝见过的最高的人。他还有一头红发。

"你好哇,孩子。想要巧克力棒吗?"他说的是英文。那她应该说什么呢？

汉斯叔叔帮她回答了，"能得到您的礼物是我们的荣幸。欢迎您来到荷兰。谢谢您，谢谢您。"他也会说英语！碧翠丝骄傲地抬头看着自己的叔叔。他好聪明啊！

汉斯的眼中热泪滚滚。拉尔斯叔叔也在哭。沃斯太太也哭了。

"这些是给您的，美丽的女士。"士兵也递给沃斯太太一块巧克力棒。他们有两块巧克力棒了！沃斯太太脸红了，像裙子一样粉粉的。

"这些东西应该能派上用场。"士兵把手伸进背包里，拿出两个肉罐头和一双丝袜。他把东西递给汉斯。"祝你们开心愉快！"士兵说着，消失在一片穿卡其色军服的人潮中。

汉斯把罐头塞进口袋里。这些罐头眼下真是比钻石还珍贵。

拉尔斯拿过丝袜，它们绕着手指耷拉下来，"这有什么用？又不保暖。"

"我的老天爷呀！"沃斯太太说。碧翠丝咯咯笑起来。

"我们用来换吃的吧。"汉斯提议。

"不!"碧翠丝的声音比自己想的要大。

"怎么了,碧翠丝?"沃斯太太问道,但声音依旧很温柔。

"我们可以留下来,送给丽芙或者妈妈……等她们回来的时候。"战争结束了,妈妈和丽芙可以回家了。

拉尔斯把丝袜卷起来,压平整,放进口袋里。"我们一会儿回家,你把丝袜放进抽屉里,好好保管。"他说。

第十八章 朱迪斯

1945 年

阿姆斯特丹　春天

"求你了,汉斯叔叔,求你了……求你了,拉尔斯叔叔,我们不能也出去吗?"

阿姆斯特丹的庆祝持续了几天几夜。但汉斯和拉尔斯很固执:碧翠丝这样一个小姑娘,跑到大街上去多不安全。所以他们和沃斯太太一起在自己的小房子里庆祝。

军方在免费发放食品罐头,虽然还是渴望吃到新鲜

的面包、鸡蛋和蔬菜，但至少他们不用挨饿了。巧克力棒是特别优待，需要泡上一杯真正的咖啡，一起享用。碧翠丝还喝上了热巧克力。

几个星期以后，电车又开工了。碧翠丝再一次坐在汉斯叔叔后面的老座位上。汉斯开着车经过这座刚解放的城市的大街小巷。拉尔斯叔叔还是在检票。

推推拉拉，走走停停，刹车时轨道上摩擦的声音……一切都像小鸟的鸣唱一般，亲切熟悉。别管那些路边堆的沙袋、那些废墟、那些摇摇欲坠的大楼，一切都是那么美好。苹果树开花了，空气里弥漫着香甜的气味。碧翠丝没有再提起过妈妈，虽然她可能私下想过。

拉尔斯站在车头，看着过道。他有好几个月没见到那个修女了。那个伪装成老太太的年轻女人一年前就消失了。那个救了碧翠丝，穿着纳粹军装的小伙子呢？他在哪儿？还有那么多英年早逝的生命呢？过去这可怕的几年，那么多人上过这趟电车，他们都怎么样了？

更糟糕的是，报纸上刊登了纳粹在波兰和德国（其实全欧洲都有）的死亡集中营的照片。有人说这样的集中营一共有几百个,甚至上千个。这些信息很混乱,也很难理解,但他们相信传闻属实。怎么办?该怎么告诉碧翠丝,她妈妈不大可能活着回来了呢?

汉斯和拉尔斯说好,明天刚好休假,他们要去红十字会给碧翠丝做个登记。红十字会在帮大家联系失散的亲人,寻找幸存者。但这会不会给碧翠丝无谓的希望?会不会到头来更加失望呢?

"在得到确切消息之前,我们尽量对她保密吧。"昨晚,三个老人围坐在温暖的炉火前,沃斯太太说。

拉尔斯看着坐在汉斯身后的碧翠丝。曾经,只要能保护她的安全,他什么事都做得出来;现在,为了让她不受伤害,他照样什么事都可以做。

碧翠丝打开自己的《安徒生童话》,很快就沉浸在加伊、格尔达和白雪皇后的世界中了。

是拉尔斯最先看到那个女人的:她从后面上了车,就近找了座位;她穿着一件过于宽大的旧大衣,鞋底也快磨破了;她看着窗外,搓着手,好像要搓掉上面并不存在的尘土。拉尔斯注视着她。阿姆斯特丹的街道上有很多这样

的人。他们看上去一模一样：面色憔悴，双目呆滞，仿佛受尽了折磨和痛苦。他们走路都小心翼翼的，好像脚下的路是玻璃做的。

拉尔斯从过道上走向那个女人。离她越近，他的心中就越紧。他抓住栏杆，定了定神，又向前迈出一步、两步……直到站在女人面前。

"您的票？"他问道。

她抬头看着他。那双眼睛他太熟悉了，三年来在他眼前不断闪现。

"对不起，我没钱。"她低声说。

"那您免费乘车吧。"拉尔斯说。

拉尔斯的大脑正在飞速思考。有可能吗？他觉得有可能。她可能去红十字会登记了名字，然后来到自己最后见到女儿的地方。换他就会这么做。

拉尔斯看向电车前端。碧翠丝正在埋头看书。

女人顺着他的目光看过去，倒抽了一口凉气。她慢慢地站起来，和拉尔斯擦肩而过。她向前走去，步伐缓慢地经过一个个座位。她的双手紧紧抓住座位的扶手，目光始终锁定着电车前面那个棕发女孩的背影。拉尔斯走在她身后,上臂微微向前伸着,生怕她会晕倒。

汉斯抬头看着后视镜,正碰到拉尔斯的目光。拉尔斯对他点点头,指向那个女人。汉斯从后视镜看着她,惊呆了。他没见过她,但她和碧翠丝太像了。他心中涌起一股说不清道不明的感情。

车上几乎没什么人。后座上一个老头儿睡着了,而另一对还沉浸在狂欢情绪中的年轻情侣,他们的眼中只有彼此。

女人向前走了几步,直到坐在和碧翠丝只隔一个过道的座位上。

碧翠丝转过头,凝视着眼前这个女人。她没有惊讶,没有夸张的动作,也没有尖叫,只是露出意料之中的表情,脸上容光焕发。孩子伸出手,摸摸女人的脸。

"我知道你会回来的。"

妈妈张开双臂,碧翠丝扑进她的怀里。

妈妈名叫朱迪斯。那天晚上,碧翠丝和妈妈朱迪斯一起,睡在那张老旧的黄铜床上。

几天后,汉斯和拉尔斯把房子顶层两兄弟以前的游戏房修整好了,作为碧翠丝的卧室,一直住到她离家去读大学。朱迪斯住在他俩过世母亲的房间里。时光荏苒,她逐渐把这里当成了自己的家。

过了很多年,她才开口向女儿讲述自己的经历。她被捕后被送往韦斯特博克集中营,最后,坐火车前往波兰的死亡集中营:奥斯维辛。和女儿团聚后的很长时间里,她对这些遭遇都绝口不提,只是一直说,女儿能活着,还得到这么多爱,真是天大的福气。

战争结束后不久,汉斯和拉尔斯就退休了。朱迪斯悉心照顾他们,就像他们照顾自己的女儿一样。她愉快地整理屋子,修缮花园,看着女儿一天天长大,为他们做喜欢吃的东西。圣诞节,朱迪斯会烤圣诞年轮蛋糕;犹太人的光明节,他们也按照传统一起点蜡烛。桌上总是放着一些苹果。朱迪斯慢慢有了宁静安详的心境。

盟军进入阿姆斯特丹之后没几天,沃斯太太就回到街对面她自己的家里去了。她太老了,做不动饭了,每天晚上都和汉斯、拉尔斯、碧翠丝和朱迪斯共进晚餐。

"你叫我艾比盖尔就好。"一天晚上,沃斯太太对朱迪斯说。汉斯和拉尔斯吃惊地挑了挑眉毛。沃斯太太还从来没让他们直呼其名过呢。

后来,沃斯太太走不动了,没办法过来吃饭了。朱迪斯就把一日三餐送过去,坐下来陪着她吃。

"我很累,朱迪斯。"沃斯太太说。她那曾经充满着力量、权威与笃定的声音,已经虚弱了不少。"战争快要结束的时候,我姐姐的儿子和儿媳都死了。我想我姐姐是因为心碎去世的。我们挨饿的那几个月,他们对我们太好了。他们有个农场。现在我是我们家里最后一个活着的人了。我只有你、汉斯、拉尔斯和那个乖女儿。要是没有你的女儿,我根本找不到活着的意义,要是没有意义,还活着干什么?"沃斯太太叹了口气,"我有没有给你讲过,拉尔斯差点儿毁了碧翠丝的头发?她看上去就像被电击过似的。"

"讲过了,我知道。"朱迪斯边说边帮艾比盖尔理了理

毯子。

"他们还给了她一个火车发动机陪她睡觉。"

"那个东西摆在她的梳妆台上。我觉得她一辈子都离不开它了。"朱迪斯端起托盘。

"这些都是谁告诉你的？"沃斯太太抬起沉重的眼皮，注视着朱迪斯。其实她已经几乎看不见了。

"是您告诉我的。"朱迪斯吻了吻沃斯太太的脸颊，它薄得像纸一样，好像一碰就破。

一个春日，汉斯和拉尔斯如常出去散步，碧翠丝在上学，沃斯太太坐在窗边的扶手椅上，去世了。没人知道沃斯太太还有一笔丰厚的财产，是她去世已久的丈夫留给她的。再加上她勤俭节约，做了一些谨慎的投资，最后竟然小有身家。沃斯太太把财产都留给了碧翠丝，但条件是首先要用于她的教育。

碧翠丝后来得知，她爸爸的父母，就是在那个可怕的晚上赶走她和妈妈的爷爷奶奶，在解放前三天被炸弹炸死了。

在妈妈的帮助下,碧翠丝调查了丽芙被纳粹逮捕的情况。丽芙·范德米尔在阿姆斯特丹的盖世太保总部被关押了十天。她没有任何罪名,不过记录上说,她丈夫逃离了荷兰,加入了英国皇家空军。他驾驶的是一架布里斯托尔156型号的"英俊战士"战斗机。他的飞机在柏林上空被击落,自己也不幸罹难。打听丽芙的遭遇更是颇费周折。她从盖世太保总部被送往荷兰东北部的韦斯特博克,之后又被送往德国西北部的死亡集中营伯根贝尔森。1945年3月6日,她去世了。而1945年4月15日,英国军队就解放了这座集中营。

最后,碧翠丝恢复了自己犹太人的身份,去参加犹太人集会。但每年的圣·尼古拉斯节,她都会去教堂为丽芙点上一根蜡烛。

第十九章　告别

1960 年

阿姆斯特丹　夏天

夏日的夜晚,拉尔斯坐在已经被朱迪斯装点成美丽花园的院子里,看着他们的温室。盛开的花朵在窗边倩影摇曳,如同美丽的舞者。他浮想联翩,又转头看着碧翠丝。她已经出落成了一个大美人。

像往常一样,她正埋头看书。她刚刚大学毕业,和一个住在英格兰的小伙子订了婚。很不错的小伙子。他们是在学校里认识的。哪个学校来着？拉尔斯的记性越来越差了。他努力集中精神回想，额头的皱纹像一条条小河，嘴巴抿得像钱包上拉紧的拉链。好像和某款鞋子同名来着，嗯……牛津！对了！碧翠丝上的是英国的牛津大学。但她还说过一个什么学院。叫什么来着？他冥思苦想，终于想起来了，是圣希尔达学院！他得意地笑了。

"您笑什么呢，拉尔斯叔叔？"碧翠丝从书上抬起头。

"我在想，要是没有你，生活真是不可想象。"拉尔斯看着坐在自己一两米开外的这个漂亮少女，害羞地说。

碧翠丝合上书，跳起来，拥抱了他，"我真是太爱你了，我的傻叔叔。"她亲了亲他的双颊。拉尔斯热泪盈眶。

"汉斯叔叔，小心啊！"碧翠丝叫出声来。汉斯叔叔拐杖都没拿，就在下花园的楼梯，"来，挎着我的胳膊。"碧翠丝跑到他身边。

他们慢慢走向汉斯的专用椅子。朱迪斯很快就会招呼大家吃晚饭了。今天是星期五，所以能吃到烤鸡，这可是他们最爱吃的。

1961年，汉斯和拉尔斯相继辞世，前后不到一个星

期。拉尔斯是在睡梦中安静地走的,汉斯则是在花园的专用椅上停止了呼吸。两个人都没有什么痛苦。他们把所有财产都留给了朱迪斯和碧翠丝。

第二十章 终点站

1973 年

阿姆斯特丹　春天

这个女人穿着一件剪裁精细的粉色西装,深棕色的及肩鬈发上戴着同色的平顶小圆帽。她身材瘦削,但瘦得很匀称,优雅而迷人。她在街上款款而行,吸引了很多目光。路人纷纷猜测,也许她是个舞蹈家,或者是个模特?

她身边站着一个十来岁的孩子,也是个漂亮的小女孩。她看上去就像个小精灵,下巴小小的,尖尖的,却很柔

和；眼睛又黑又大，毡帽下面还露出了一绺黑发。她穿着蓝色的春日大衣、白色的及膝长袜、黑色的小皮鞋，还戴着一副白手套。

这对母女站在一个电车站上。

"妈妈，我们要和爸爸一起吃午饭吧？"孩子的荷兰语带着点英国口音。

"是的，丽芙，爸爸知道我们要去哪儿，他会等我们的。我们要坐电车。我想给你讲个故事。"碧翠丝看着眼前这车水马龙的街道。一辆电车"嘎吱"一声停在她们面前。"上车吧，坐司机后面那个位子。"

丽芙爬上车，转过身，"我们去哪儿，妈妈？"

"去终点站，亲爱的。"

后 记

从1830年起一直到第二次世界大战之前,荷兰从来没有遭遇过战争。荷兰严格奉行中立政策,没有参加第一次世界大战。1940年5月10日,德国军队在没有宣战的情况下,入侵了荷兰。

德军一共有约七十五万兵力,是荷兰军队的十倍。他们还有一千一百架飞机。荷兰人只有一百二十五架飞机,六列装甲火车和一辆坦克。然而,在五天的攻击中,德军还是损失了五百架飞机。

希特勒认为,除了犹太人之外,荷兰人几乎全部是雅利安人(他所认为的高等人种)。他希望在战后吞并荷兰,将其变成德国的一部分。为了这个目标,占领荷兰是在最小战火损坏的情况下完成的,当然,轰炸鹿特丹是个例外。德国士兵也接到命令,要对市民友好,食物、住宿和生活用品都要出钱获得。

THE END OF THE LINE

　　荷兰最大的城市阿姆斯特丹,犹太人口不到八万,占全市人口的不到百分之十。1941年2月22日,德国人逮捕了好几百名犹太人。荷兰犹太人一般都是被送往韦斯特博克集中营。从1942年7月开始,他们又陆续被遣送到布痕瓦尔德、茅特豪森、伯根贝尔森和奥斯维辛等死亡集中营。很多市政人员,包括荷兰警察、荷兰铁路工人和荷兰纳粹党,都参与了将犹太人送往集中营的工作。

　　大概有两万五千名犹太人,包括四千五百个孩子藏了起来,躲避追捕。有三分之一被发现并遣送。总体来看,荷兰犹太人至少有百分之八十被无情杀害。

　　1945年5月,加拿大军队解放了阿姆斯特丹。

谁和谁的战争?

　　以英国为首的同盟国在对抗纳粹。同盟国的军队来自英国(包括英格兰、北爱尔兰、苏格兰和威尔士)、英联邦国家(澳大利亚、加拿大、南非和印度)、苏维埃社会主义共和国联盟(苏联)、中国、法国和南斯拉夫。还有其他国家也加入了同盟军,包括比利时、巴西、捷克斯洛伐克、

149

埃塞俄比亚、希腊、墨西哥、荷兰、挪威、丹麦和波兰等。"珍珠港"事件后的1941年12月8日,美国也参战了,对炸毁其珍珠港的日本宣战。1941年12月11日,德国和意大利对美国宣战,把美国卷入欧洲战场。

轴心国军队主要由德国、意大利和日本及与他们合作的一些国家和占领国组成。

投入陌生人的怀抱

随着纳粹党在德国的崛起,他们开始逮捕和屠杀犹太人。第二次世界大战爆发之前,这种暴行就已经非常严重了。很多犹太家庭清楚,要保护孩子的安全,唯一的办法就是把他们送走。于是,一个叫作"儿童运输"的营救计划应运而生。德国、奥地利、捷克斯洛伐克和波兰的犹太小孩儿被送上火车,在没有父母陪伴的情况下被送往安全的地方。在1938年到1940年间,英格兰、威尔士、北爱尔兰和苏格兰的人们接收了约一万名这样的孩子。

德国的飞机开始在英国发动空袭时,那里的人们也想保护孩子们的安全。英格兰的人们认为,包括伦敦在内

的六个城市极易受到德军空袭。于是,就有了"魔笛手行动",这几个城市里将近两百万名孩子被送到更安全的乡村和农场。有钱一些的父母则把孩子送到乡下亲戚家,还有些孩子则远渡重洋,来到美国、澳大利亚和加拿大。

致 谢

感谢丹·拉弗朗斯,感谢他的耐心。

感谢编辑芭芭拉·波尔森和凯瑟琳·马乔里班克斯。感谢校对朱迪·菲利普斯。感谢凯蒂·赫恩、盖娜·西奥菲勒斯、布里吉特·维斯博格、莫妮卡·查尼、艾琳·伯恩斯和安尼克出版公司的所有团队成员。

感谢图书管理员芭芭拉·基思科,她是我在岛上交的第一个朋友。感谢第二个和第三个朋友凯特·马丁和安德鲁·德瓦尔。先后顺序一点儿也不重要。

还有波尔克家的所有人:凯莉、科尔比、泰勒、艾丽卡和卡梅伦。感谢托马斯和玛格丽特·韦蓝。还有蒙托尼一家:洛丽塔、詹姆斯、伊莲娜和艾德里安。也感谢马克里·切伊斯一家:凯瑟琳、戴弗、布莱恩和雷尼。

感谢琳达·贝尔姆、安·波尔、多纳·帕顿、雪莉·格雷夫、盖尔·艾德文特·拉托切。还有陪我共进午餐的茱莉

亚·贝尔、琳达·霍尔曼和梅格·马斯特斯。

感谢凯西·卡瑟尔和玛丽莲·韦斯。

感谢荷兰的读者：艾芙琳恩·维瓦尔、马西拉·希尔达·林思科、维瓦尔琼、宝拉·维瓦尔申，还要感谢伊娃·范布伦。

感谢我的家人，多特和盖斯，山姆、乔、加伊和戴维·马科里奥德，还有漂亮的洛雷尔。

感谢艾德·韦斯顿，坚强的生命斗士，是我现在以及未来永远的灵感源泉。

作者简介

莎朗·E.麦凯伊
Sharon E. Mckay

莎朗·E.麦凯伊是加拿大著名的儿童文学作家和绘本作家,1954年出生于加拿大蒙特利尔,1978年获得了约克大学的文学学士学位,现居住在爱德华王子岛省。她的作品经常会关注世界各地历经艰难困苦的儿童,曾获得过多个文学奖项。小说《查理·威尔科斯特》曾获得杰弗里·比尔森奖和紫罗兰唐尼奖。另一部小说《战火兄弟》作为最佳青少年读物获得了2010年的亚瑟·埃利斯奖。《电车上的陌生人》获得加拿大童书中心最佳童书奖,被列入加拿大全国中小学推荐书目,并入围加拿大图书馆协会年度推荐读物。

人性光辉的赞歌

徐新 / 南京大学犹太文化研究所所长

或许你曾经读过《安妮日记》,对犹太少女安妮·弗兰克及其家人在"二战"期间为逃离纳粹恐怖统治,来到荷兰阿姆斯特丹,躲藏在密室中的故事记忆犹新。

而你现在打开的这本《电车上的陌生人》,描写的也是发生在荷兰阿姆斯特丹的故事。它讲述了"二战"时期一名与母亲分离的犹太小女孩被一对兄弟收留,在陌生人的保护和照料下幸免于难,从纳粹迫害中幸存下来的故事。

1933年,随着希特勒登上德国的政治舞台,以纳粹德国为首的反犹主义罪恶势力综合历史上的种种反犹主义思想和行为,把对犹太人的仇恨和迫害推向极端,一场以犹太民族为主要迫害对象的历史大屠杀拉开了序幕。从1933年至1945年,共有六百万犹太人惨遭迫害,其中仅儿童就有一百多万。被屠杀的犹太人数占当时全世界犹太人总人口的三分之一以上。而在欧洲,平均每七名犹太人中就有六名遭迫害或被杀害。这是一场种族灭绝式的大屠杀,被称为"纳粹屠犹"(The Holocaust)。纳粹屠犹可以说是人类现代文明史上惨烈的灾难之一。在人类历史上,鲜有民族经历过如此残暴的行径,经受过如此巨大的劫难。

希特勒统治下的德国对犹太人实行种族大清洗,只要是犹太人,无论男女老少,都在被清洗之列。更有甚者,随着纳粹势力在欧洲的不断扩张,生活在欧洲其他国家的犹太人也不能幸免。德国纳粹及其帮凶大肆搜捕犹太人,将他们投入集中营,连老弱妇孺也不放过,试图以此把欧洲的犹太人赶尽杀绝。

面对纳粹的反犹暴行,欧洲的大部分国家只是袖手旁观,有的甚至沦为帮凶,但是人性并没有完全泯灭,许

许多多的个人在纳粹屠犹问题上表现出了正义感,彰显出了人性的光辉,通过各种方式帮助或拯救了遭受迫害的犹太人。这些人被看成是人类良知的代表,被誉为"国际正义人士"。

《电车上的陌生人》所描写的正是这一类人的故事。故事的背景是"二战"期间的阿姆斯特丹。阿姆斯特丹是荷兰的首都,在强大且野心勃勃的侵略者面前,荷兰无力抵抗,被纳粹德国占领。生活在那里的犹太人感到大难临头,想方设法逃难躲避。故事就此展开。

犹太人妈妈朱迪斯带着自己的女儿碧翠丝踏上了逃亡之路。当她们乘坐电车时,妈妈不幸被纳粹发现并带走,为了保护女儿,下车前她"没有回头看哪怕一眼"。

幼小的碧翠丝顿时成了无人看管的孩子。为了不让纳粹将她带走,在电车上工作的汉斯和拉尔斯兄弟俩硬是把孩子说成是自己的侄女。就这样,《电车上的陌生人》把读者带回了那个疯狂的年代。

汉斯和拉尔斯尽管已经六十多岁了,但他们都没结过婚,没有任何带孩子的经验。出于同情心,他们把碧翠丝说成是自己的侄女。然而,在结束一天的工作后,他们不忍留下孤身一人的碧翠丝,毅然决然地把她带回了自己的家。

书中对犹太人面临纳粹迫害时的遭遇有许多不动声色的描写,读来令人心酸。

因为是犹太人,碧翠丝不得不将所有的衣服都套在身上逃难;因为是犹太人,碧翠丝不能告诉别人自己是谁,甚至连哭都不可以;因为是犹太人,母女俩东躲西藏,甚至被家人赶出了家门。要知道,根据1935年纳粹德国颁布的反犹的《纽伦堡法案》,父母中只要有一个是犹太人,孩子就算犹太人。任何与犹太人沾边的人都有可能受到牵连。亲人尚且如此,对于素不相识的陌生人来说,窝藏犹太人更是十分危险的,一旦被发现,窝藏的人会马上被逮捕,将面临坐牢甚至被枪毙的危险。救助犹太小孩儿是需要巨大勇气的,而汉斯和拉尔斯显然对此心知肚明,然而,出于人性的善良,他们还是义无反顾地收留了碧翠丝。

更令人敬佩的是,汉斯和拉尔斯从未带过孩子,但是在收留了碧翠丝后,他们承担起了父母的职责。他们为碧翠丝梳辫子、改裙子、辅导作业;他们去学校参加孩子的朗诵会,和家长一起举行茶会;他们陪着孩子一起在运河上滑冰;他们还毫不犹豫地买下了漂亮的洋娃娃和儿童睡衣……在这一过程中,我们看到的是两兄弟仁慈的心,感受到的是他们的大爱。

当然,在故事中,冒着生命危险保护碧翠丝的并非只有汉斯和拉尔斯,还有沃斯太太、丽芙,以及为碧翠丝搞到身份证明的女士、希特勒青年团的小伙子等等。只要能保护她的安全,他们什么事都做得出来;为了让她不受伤害,他们什么事都愿意去做。这些人身上闪耀的,是人性的光辉。

事实上,在"二战"期间,对遭受迫害的犹太人施以援助的事不仅出现在故事中,也切实存在于现实生活中。其中最为著名、最早为人所知的是"二战"期间瑞典驻匈牙利外交官瓦伦堡先生(Roaul Wallenberg)。他当时在匈牙利首都布达佩斯工作，因不忍看到犹太人遭受的灭绝性迫害，于1944年7月至12月，通过发放签证和收容安置犹太人的方式营救了数以万计的犹太人。著名的电影《辛德勒的名单》反映的则是发生在德国的德国人拯救犹太人的实例。

其实，我们中国人在拯救犹太人的行动中也没有缺席。战时中国上海曾收留了近两万名逃离奥地利的犹太难民，是世界上唯一一个在1938年对犹太人敞开大门的城市。中国驻奥地利的外交官何凤山博士更是拯救受迫害犹太人的代表，是世界上首批向受纳粹迫害的犹太人发放"生命签证"的外交官之一。

何凤山出生于湖南益阳市赫山区一个贫苦的农民家庭，1921年考入长沙雅礼大学，1926年考取德国慕尼黑大学的公费留学生，并以特优成绩获政治经济学博士学位。1937年担任中国驻奥地利外交官。1938年3月，德国吞并了奥地利。奥地利当时是欧洲第三大犹太人聚居地，犹太人总数约十八万五千人。由于当时纳粹迫害犹太人的政策以"清犹"为主，力图将生活在奥地利的犹太人彻

底清除，因此规定，凡是被投入集中营的犹太人只要证明自己能够离开奥地利就可以获得释放，无法离开的则在集中营里被屠杀。因此，对奥地利的犹太人来说，离开就是生存，留下就意味着死亡。于是，犹太人纷纷想方设法离开奥地利。然而，当时世界上几乎所有国家都拒绝为犹太人发放签证。身为外交官的何凤山博士不忍看着犹太人在维也纳等死，向走投无路的奥地利犹太人伸出了援手，为数千犹太人发放了前往上海的签证，使他们免遭纳粹的迫害。对自己拯救犹太人的义举，何凤山博士是这样说的："我对犹太人的处境深感同情，从人道主义立场出发，我感到帮助他们义不容辞。"

2001年，何凤山博士的义举被公之于众，以色列政府在耶路撒冷举行了隆重的"国际正义人士——何凤山先生纪念碑"揭碑仪式，石碑上称赞何凤山博士是"永远不能忘记的中国人"。这段历史也被改编成电视剧《最后一张签证》，在2017年亮相荧屏。

事实上，经不完全统计，"二战"期间，数以千计的非犹太人出于正义感，冒着生命危险，救助正在受难的犹太人。战后成立的以色列政府为了表彰这些对犹太人伸出援手的人士,决定设立"国际正义人士"称号。只要有证据证明,哪怕只拯救了一个犹太人,都能被授予"国际正义人士"称号,以弘扬他们人性的伟大,彰显他们身上散发出的人性光辉。

《电车上的陌生人》之所以能够成为一本弘扬人性的优秀读物,除了历史的宏大背景,还在于故事由始至终散发出的温暖与关爱。

战争结束后不久,汉斯和拉尔斯就退休了。由于他们没有子女,朱迪斯便悉心照顾着他们,就像他们悉心照顾自己的女儿一样。碧翠丝也热情地陪伴在他们身边,给他们以欢乐,给他们以幸福。

《电车上的陌生人》以故事的形式,生动地告诉我们:只要人性尚存,陌生就不是障碍。爱的力量是强大的,人的正义感更是力量无穷。

如果说,《安妮日记》揭露了德国纳粹党的罪恶,是第二次世界大战期间纳粹消灭犹太人的最佳见证,展现出

了惊人的勇气与毅力。那么,《电车上的陌生人》这本朴实温暖的小说则是对那些普通人的致敬。他们在最艰难的情况下,仍然做出了英雄般的壮举,他们彰显了人性的光辉,创造了一个又一个奇迹。